HARUKI MURAKAMI

村上春树 著

H A R U K I M U R A K A M I

1973年的弹子球

林少华 译

上海译文出版社

图书在版编目(CIP)数据
1973年的弹子球 / (日) 村上春树著; 林少华译.
—上海: 上海译文出版社, 2014.5 (2023.1重印)
ISBN 978-7-5327-6552-2

Ⅰ. ①1… Ⅱ. ①村… ②林… Ⅲ. ①长篇小说—日本
—现代 Ⅳ. ①I313.45

中国版本图书馆 CIP 数据核字(2014)第051956号

1973 NEN NO PINBORU
by Haruki Murakami

Originally published in Japan by KODANSHA LTD., Tokyo.
Chinese (in simplified character only) translation rights arranged with
Haruki Murakami, Japan
through THE SAKAI AGENCY and BARDON-CHINESE MEDIA AGENCY.

图字: 09-2000-478号

1973年的弹子球 [日] 村上春树 / 著 林少华 / 译

上海译文出版社有限公司出版、发行
网址: www.yiwen.com.cn
201101 上海市闵行区号景路159弄B座
杭州宏雅印刷有限公司印刷

开本 850×1168 1/32 印张 6.25 插页 6 字数 63,000
2014年5月第1版 2023年1月第8次印刷
印数: 30,001-32,000册

ISBN 978-7-5327-6552-2/I·3922
定价: 47.00元

村上或“我”在找什么?

林少华

村上春树有个“青春三部曲”,《且听风吟》率先,《寻羊冒险记》殿后,这部《1973 年的弹子球》居中(以下称《球》)。《球》写于 1980 年,和前一年的《且听风吟》一样,都是开酒吧期间半夜趴在厨房餐桌上写的,每晚吭哧吭哧写一两个小时,同时也是除《挪威的森林》外唯一有直子出现的长篇。写《且听风吟》,大体是由于心血来潮,还没有创作自觉;但写《球》的时候,则已明显意识到自己想写的东西,即有了创作主题,有了创作自觉。

村上后来在《球》收入作品全集时写的后记中这样回

顾道：

这部作品夹在处女作《且听风吟》和第三部长篇《寻羊冒险记》之间，感觉上总好像有些模糊（至少我是这样感觉的），但这里首次出现了在我以后小说中展开的种种要素。在总体上它固然和《且听风吟》同样未能走出习作阶段，不过我自己对这部小说还是有些偏爱的。在这部作品中，我第一次得以将自己的情思聚敛于一个对象，那就是虚拟的弹子球机。主人公“我”外出寻找那台游戏机。这样的构思或结构同我的心情一拍即合。

这部作品也是一边开店一边写的。和写《且听风吟》时一样，都是半夜伏在厨房桌子上写的。全然没有写得辛苦的记忆，越写越想写。和写《且听风吟》那时不同，感觉上写得十分顺畅。一个命题（在结果上的命题）在此得到释放——因为已经写得无需命题了。随着命题的淡出，自发性情节（story）开始支配我的脑袋，小说开始自立、开始独立行走。我已经知道该做什么了。当然，知道做不到的地方也有许许多多。可是有一种让人心里温暖（heart warming）的乐观情绪——文学新手是需要这个的——在它的支撑下，我顺顺利利写完了这部小说。小说本身的力量那样的东西开始破壳而出。那里有一种实实在在的手感。

而且，这是我半夜在厨房餐桌上写的最后一部长篇。此后我彻底改变了生活，走上全职专业作家的道路。在这个意义上，我对最初这两部小说怀有深切的个人挚爱。这两本书里沁有我种种样样的回忆。有的愉快，有的则不太愿意想起。收入全集之际，大部分短篇都多少有所改动，但这两部原封未动。一来一旦动起来就没完，二来也不想动，不想动的心情要更强些——前面也写了——我认为这两部作品的成立是同某种不完美性互为表里的。读者朋友或许也有所不满，但希望理解我——这就是我，我只能是这样的我。（《村上春树全作品 · 创作谈》，讲谈社，1990 年）

如果说，村上在《且听风吟》中把自己的情思、意念、体验和思考之网任其自然地、消费性地散向四周，在《球》中则渐渐收拢起来，而将其集中抛向或“聚敛于”弹子球机这一对象——“我已经知道该做什么了”。也就是说，创作开始由不自觉向自觉过渡，由无主题向有主题过渡。那么，其作品的主题或自觉旨趣是什么呢？就是寻找！

村上在 1985 年接受川本三郎的特别采访（《文学界》

1985 年 8 月号）和 1991 年在《文学界》增刊号“村上春树 BOOK”中以《我这十年》为题撰文当中两次提到寻找，说自《球》开始出现寻找什么这一模式（pattern），寻找是《球》的着眼点，明确表示以寻找什么为中心是受到了雷蒙德·钱德勒（Raimond Chandler）的影响。“钱德勒的菲力浦·马洛为寻找某条线索见一个人，往下再见一个人——我的确如法炮制来着，因为我非常喜欢钱德勒。结果一发不可遏止，见此人之后，往下去哪里自然水到渠成。”

其实，寻找是很寻常的行为模式。小时候找妈妈，上学后找老师，长大了找对象，毕业后找工作找房子找车子找票子找门路……应该说，人的一生就是寻找的一生。在文学世界中，寻找也是最初的形态和模式。但村上笔下的寻找——方式也好目标也好结果也好——大多不具有通常意义上的现实性和必要性，基本与生计无关。比如在《球》中，一开始是找狗。不是自家走失的狗也不是朋友委托的狗，而是火车站月台上的狗——直子一次提起小镇车站月台上总有狗从这头走到那头，于是“我”来了兴致，无论如何都想找那条狗。“为此我剃了胡须，扎上半年没扎的领带，换上科尔多瓦新皮鞋。”当然，寻找内容主要还是找弹子球机。三年前“我”上大学时曾迷上弹子球游戏：“我真正陷入弹子球这个可诅咒的世界是在1970年冬天。那半年感觉上我好像是在黑洞中度过的。我在草原正中挖一个大小同自身尺寸相适的洞，整个人钻进洞去，塞起耳朵不听任何声响，什么都引不起我半点兴致。”“我”玩得很好，“是我唯一能怀有自豪的领域”。后来“我”不再玩了，常去的娱乐中心突然倒闭了，自己玩的那台名叫“宇宙飞船”的弹子球机随之去向不明。于是“我”在1973年的某一天忽有所感，决心去找那台弹子球机，找弹子球机上的“她”：

> 某一天有什么俘获我们的心。无所谓什么，什么都可以。玫瑰花蕾、丢失的帽子、儿时中意的毛巾、金·皮多尼的旧唱片……全是早已失去归宿的无谓之物的堆砌。那个什么在我们心中彷徨两三天，而后返回原处……黑暗。我们的心被掘出好几口井。井口有鸟掠过。
>
> 那年秋天一个星期天黄昏俘获我的心的，其实是弹子球。

在一位教西班牙语的大学讲师的帮助下，“我”终于在荒郊野外一座由养鸡场冷库改成的仓库里找到了弹子球机，找到了那台名叫“宇宙飞船”的“俘获我的心”的弹子球机，时隔三年和“她”度过了短暂的几分钟。那确是极有意味的不寻常的几分钟。

这里，我们不禁要问，到底是弹子球机中的什么俘获了主人公的心？或者说，“我”找弹子球机到底是找弹子球中的什么？作品中“我”打交道的人并不多：直子、鼠、双胞胎女郎、同宿舍楼的长发少女、西班牙语讲师。而且不难看出，主人公几乎同任何人都保持距离，甚至似乎谈过恋爱的直子和一起在床上嬉戏的双胞胎女郎都不曾俘获过他的心，没有任何人让他等待过或寻找过。同直子之间，根本没有描述恋爱过程；双胞胎离去时，他也没有挽留，仅仅在送行路上说了一句“你们走了，我非常寂寞”。相比之下，月台上那条狗却让他西装革履——西装革履仅此一次——再三独自找到那座小站，对狗说“等得我好苦”。而更让他心里割舍不下的无疑是弹子球机：

常想你来着，我说。心情于是一落千丈。

睡不着觉的夜晚?

是的，睡不着觉的夜晚，我重复道。

……

找得我好苦。

找得我好苦！正因为找得好苦，主人公才格外注意观察作为弹子球机的“她”的表情，在那么短的时间里观察出了对方几种表情：“终于睡醒似的朝我微笑／令人想起往日时光的微笑／哧哧地笑，笑脸真是灿烂／妩媚地一笑。”可见双方何等两情相悦。而对于作为真正的“她”，“我”却始终保持克制。在小说中，“我”同主动送上门的一对双胞胎姐妹一起生活，在一张床上睡觉，而且“我”睡在两人中间。按理，这方面应该有很多美妙的事情发生，然而没有发生。发生的最有趣的事是关于配电盘的。三人竟煞有介事地为配电盘举行葬礼，“我”甚至搬出康德语录来致悼词。不妨说，208 和 209 这对双胞胎姐妹尽管也具个性，但并不是作为具有血肉之躯的活生生的人出现的。与她们相比，作为无机物的配电盘和弹子球机反而更为生动，更有感情，更有特点，更能俘获主人公的心。极端说来，人与器械产生了“互文性”，人像器械，器械像人——村上由此点化出了社会中人的疏离性。因而，主人公只能转而同动物甚至同无机物即无情之物进行情感交流，踏上寻找弹子球之路。这大约是寻找弹子球行为的第一层寓义。

不仅如此，主人公自身也产生了疏离性，对自己有了疏离感。这同经济状况无关。他大学毕业后同朋友开了一家专门搞翻译的小事务所，经营意外顺利，译件源源不断，运转资金绰绰有余，还雇了个双腿修长的女孩做事务员，女孩又对“我”颇有情意。“咱们是成功人士，”朋友说。的确可谓成功人士。然而“我”产生了乖戾感（日语为“違和感”）。“时不时有这种乖戾感，感觉上就像硬要把拼片混在一起的两套拼图同时拼接起来似的。每当这时，我总是喝威士忌躺下。早上起来情形愈发不可收拾。周而复始。”甚至觉得自己的脸根本不像自己的脸，不知道自己是谁，不知道如何把握自身。因此当务之急是把疏离了的自身黏合起来，找回我之所以为我的证据。而最好的证据就是那台弹子球机——“她”是“我”的过去的见证人，“我”的自豪、我的荣光的见证人。“只有我理解她，唯独她理解我。”“我”必须去找“她”，“她”也在哪里连连呼唤“我”。只有同“她”的重逢才能将过去的“我”和现在的“我”合为一体。最后，“我”在七十八台废弃的弹子球机队列中间缓缓走过后同“她”再次相遇：

> 三蹼“宇宙飞船”在队列的大后方等我。她夹在浓妆艳抹的同伴中间，显得甚是文静，好像坐在森林深处的石板上等我临近。我站在她面前，细看那梦绕魂萦的板面。黛蓝色的宇宙，如深蓝墨水泼洒的一般。上面是点点银星。土星、火星、金星……最前面飘浮着纯白色的“宇宙飞船”。船舱里闪出灯光，灯光下大约正是一家团圆的美好时刻。另有几道流星划破黑暗。

找到弹子球机之后，“弹子球机的呼唤从我的生活中倏然远逝。空落落的心情也已消失”。“我”基本上终结了身心撕裂的痛苦和不知自己是谁的惶惑，开始期待在长满狗尾草的草原上静听风声，开始“走我应走的路”。不妨说，寻找弹子球机就是寻找同自我疏离性相对立的自我同一性（identity）。这应该是寻找第二层寓义。

其第三层寓义，在于作者对于彼岸世界的关注。不用说，作为弹子球机的“她”并没有生命，通往弹子球机所在场所的路无异于死亡之旅。那是初冬时节的某个周三夜晚，显然是东京的城郊笼罩在黑暗之中。但那完全是不具日常性的另一种黑暗：

> 四下彻底黑尽。并且不是单一的黑，而是像涂黄油一样把各种颜色厚厚地涂上去的那种黑。
>
> 我脸贴出租车窗玻璃，静静地注视着这样的黑暗。黑暗呈平面，平展得不可思议，仿佛用快刀将不具实体的物质一片片薄薄切开的切面。奇妙的远近感统治着黑暗。巨大的夜鸟展开双翅，轮廓分明地挡在我们面前。
>
> 房舍越走越稀，后来只剩下地底轰鸣般涌起几万只秋虫的鸣声的草原和树林。云层如岩石沉沉低垂，地面上的一切无不耸肩缩首似的在黑暗中屏息敛气。

“我”便是在这样的黑暗中乘车前行。旁边的西班牙语讲师一支接一支吸烟，出租车司机也在吸烟——烟仿佛是维持此岸世界与彼岸世界之“关系性”的唯一物品——“我”不吸烟

（尽管“我”平时吸烟，作者本人当时也吸烟），“我”不想用烟来证明自己仍置身于此岸世界。然而“我”到底惶恐不安，恨不得推开车门逃回温暖的被窝。但“我”当然没有那样做。到达目的地后，“我”下车告别西班牙语讲师，独自沿铁丝网走向三百米开外的仓库。前面也说了，仓库原是养鸡场的冷库。养鸡场倒闭了，鸡没了，但仍有鸡味儿，下雨天味儿更大，甚至可以听到鸡扑棱棱扇动翅膀的声音。“我”打开仓库铁门，打开灯。

一扇窗也没有的墙壁和天花板涂着有浮光的白色涂料，但已布满污痕，有黄色的有黑色的，及其他莫名其妙的颜色。一看就知道墙壁厚得非同一般。我觉得自己简直像被塞进了铅箱，一种可能永远出不去的恐怖钳住了我，使我一再回头看身后的门。料想再不会有第二座如此令人生厌的建筑物。

极其好意地看来，未尝不可看成象的墓场，只是没有四肢蜷曲的象的白骨。

显而易见，无论场景还是气氛都属于彼岸的死亡世界，何况作者已明确表述为“象的墓场”。村上1949年出生，1980年写《球》时年龄刚过三十。而且前一年的处女作《且听风吟》刚刚获得“群像新人文学奖”，正值踌躇满志之时，然而他笔下现出了如此富有质感的、“逼真”的死亡世界。这当然同他的年龄和处境无关，而大约源于他的文学观。2003年初我在东京和村上见面的时候，他对我这样说道：“我已经写了二十多年了。写的时候始终有一个想使自己变得自由的念头。即使身体自由不了，也想使灵魂获得自由。”为了灵魂的自由——我想这不妨概括为村上的文学观。这同他一再强调的写小说是为了“自我治疗”在实质上应是一回事。换言之，小说之于村上是“自我治疗”或“使灵魂获得自由”的手段，而作为小说这一手段的手段，其一，选择同彼岸世界、异界或死亡世界对话；其二，选择同另一个自己、即自己的分身对话。在《球》中，前者即弹子球机，后者就是“鼠”。可以说，这两个选择乃是村上伸出的两支触角，以此搜索现实时空的外层即自己灵魂的底层隐秘的信息。在这个意义上，村上的寻找也是在寻找灵魂的出口，两支触角也是通向出口的两条隧道。在这部作品中他借助弹子球机，在《寻羊冒险记》中借助羊，在

《舞！舞！舞！》中借助喜喜……村上一路如此寻找下去。而作为同另一个自己对话的这支触角，在《球》和《寻羊冒险记》中表现为“鼠”，在《舞！舞！舞！》表现为“羊男”，在《海边的卡夫卡》中表现为“叫乌鸦的少年”，在《天黑以后》中表现为主人公的姐姐浅井爱丽……与此同时，这两支触角又合并演化为两条线，使得故事分为阴阳、虚实两个平行向前推进，其最为典型的就是《世界尽头与冷酷仙境》，《海边的卡夫卡》和《天黑以后》亦一脉相承。

说回《球》。日本学者研究《球》的论文不算很少。如著名文艺批评家柄谷行人根据主人公喜欢看康德的《纯粹理性批判》并通过同大江健三郎《死者的奢侈》的比较，指出“村上的‘我’通过没来由地热衷于无谓之物来确保对于有意义有目的热衷于某物之人的优越性——‘我’即这一姿态中存在的超越论式自我意识”，同时指出作品中基于“我”这一“超越论式主观”的世界观。柄谷行人还将村上同大江健三郎进一步加以比较，认为大江为“意义”的崩溃感到痛苦并力图予以寓言（allegory）式重建，而村上则处之泰然（参见柄谷行人：《村上春树的“风景”》，载《村上春树 STUDIES》第 1 辑，若草书房，1999 年）。

日本海外学者中大约以哈佛大学教授杰·鲁宾（JAY RUBIN）的研究最为出色。他在一定程度上吸取了柄谷行人的“泰然”之说，同时以富于个性的文字这样表述道：

虽然村上春树这些充满爵士乐味道的作品初看之下与最典型日本气质的小说家川端康成（1899—1972）笔下的那些艺伎和茶道并无多少不同，两者都是作者力图挽住将人生无情地卷往过去的时间之流的结果，而且都将“超然”作为一种对抗之途。在他“失去”双胞胎姐妹时，他眼看着白天从他窗前离去，“一个如此安静的十一月的周日，似乎一切很快就将完全透明。”（拙译为“这个一切都清澄得近乎透明的静静的十一月的星期日”）他再次处于超然状态，他的追求安全抵达了一个终点，那个“真实”的世界慢慢抽离出自己的色彩。这一结局不禁令人想起川端康成《伊豆的舞女》的结局：主人公在流尽热泪后慢慢遁入禅宗的虚无。（杰·鲁宾：《倾听村上春树——村上春树的艺术世界》，冯涛译，上海译文出版社，2006 年。原题“Haruki Murakami and Music Of Words”）

最后，我还是要强调一下文体——在《球》中，文体分外重要——请看开头一段（考虑到有的读者朋友懂日语，容我把日语也照录于此）：

喜欢听人讲陌生的地方，近乎病态地喜欢。……他们简直像往枯井里扔石子一样向我说各种各样——委实各种各样——的事，说罢全都心满意足地离去。有的说得洋洋自得，有的则怒气冲冲，有的说得头头是道，有的则自始至终不知所云。而说的内容，有的枯燥无味，有的催人泪下，有的半开玩笑信口开河。但我都尽最大努力洗耳恭听。

原因固然不得而知，反正看上去人人都想对一个人，或者对全世界拼命传达什么。这使我联想到被一个挨一个塞进纸壳箱里的猴群。我把这样的猴们一只只从箱里取出，小心拍去灰尘，“砰”一声拍打屁股放归草原。它们的去向我不知道，肯定在哪里嚼着橡实什么的，然后一只只死掉——命运是奈何不得的。

見知らぬ土地の話を聞くのが病的に好きだった。……彼らはまるで枯れた井戸に石でも放り込むように僕に向かって実に様々な話を語り、そして語り終えると一様に満足して帰っていった。

あるものは気持ち良さそうにしゃべり、あるものは腹を立てながらしゃべった。実に要領良くしゃべってくれるものもいれば、始めから終わりまでさっぱりわけのわからぬといった話もあった。退屈な話があり、涙を誘うもの哀しい話があり、冗談半分の出鱈目があった。それでも僕は能力の許す限り真剣に、彼らの話に耳を傾けた。

理由こそわからなかったけれど、誰もが誰かに対して、あるいはまた世界に対して何かを懸命に伝えたがっていた。それは僕に、段ボール箱にぎっしりと詰め込まれた猿の群れを思わせた。僕はそういった猿たちを一匹ずつ箱から取り出しては丁寧にほこりを払い、尻をパンと叩いて草原に放してやった。彼らのその後の行方はわからない。きっと何処かでどんぐりでも齧りながら死滅してしまったのだろう。結局はそういう運命であったのだ。

不难看出,这不长的一段文字里容纳了村上文体几乎所有要素。新颖别致,洗尽铅华,节奏明快,一气流注,而又峰回路转,机警诙谐,曲尽其妙。简约、韵律和幽默联翩而出各呈风姿,日本式抒情和美国风味水乳交融浑然一体。没有川端康成低回缠绵的咏叹，没有三岛由纪夫近乎自恋的执著，没有大江健三郎去而复来的滞重，没有村上龙无法稀释的稠浓——确如村上所说，“日本语性”基本被“冲洗”干净，了无“赘疣”，从而形成了在传统日本文坛看来未尝不可以说是异端的异质性文体——来自日语又背叛日语，是日语又不像日语。而村上作品之所以成为国人阅读视野中一道恒常性迷人风景线，之所以从中学生放学路上偷偷交换的“涉黄”读物跃入主流文坛和学术话语，一个重要原因，就在于其文体的异质性。读村上，明显有别于读以往的日本小说及其同时代的日本文学作品，却又和村上师承的欧美文学尤其美国当代文学不尽相同。而作为中文译本，无论行文本身多么纯粹，也并不同于中文原创，不混淆于任何中国作家。近乎王小波的知性，但比王小波多了一分绅士般的从容；近乎王朔的调侃，但比王朔多了都市人的优雅。这就是村上，就是所谓村上文体。

2008 年 4 月 15 日于窥海斋

时青岛晴空丽日绿柳樱花

[附白] 值此新版付梓之际，依责任编辑沈维藩先生的建议，新写了这篇“个序”代替原来的“总序”，旨在为深度阅读进一步提供若干背景资料，介绍较新的有关见解，也谈了译者个人一点点肤浅的思考。欢迎读者朋友继续不吝赐教，来信请寄：266100 青岛市崂山区松岭路 238 号中国海洋大学外国语学院。

一九六九——一九七三

喜欢听人讲陌生的地方，近乎病态地喜欢。

有一段时间——十年前的事了——我不管三七二十一，逢人就问其生身故乡和成长期间住过的地方的事。那个时代似乎极端缺乏愿意听人讲话那一类型的人，所以无论哪一个都对我讲得十分投入。甚至有素不相识的人在哪里听说我这个嗜好而特意跑来一吐为快。

他们简直像往枯井里扔石子一样向我说各种各样——委实各种各样——的事，说罢全都心满意足地离去了。有的说得洋洋自得，有的则怒气冲冲，有的说得头头是道，有的则自始至终不知所云。而说的内容，有的枯燥无味，有的催人泪下，有的半开玩笑信口开河。但我都尽最大努力地洗耳恭听。

原因固然不得而知，反正看上去人人都想对一个人，或者对全世界拼命传达什么。这使我联想到被一个挨一个塞进纸壳箱里的猴群。我把这样的猴们一只只从箱里取出，小心拍去灰尘，“砰”一声拍打屁股放归草原。它们的去向我不知道，肯定在哪里嚼着橡实什么的，然后一只只死掉——命运是奈何不得的。

这的的确确是一桩事倍功半的活计。如今想来，假如那年举办“热心听他人讲话者世界大赛”，毫无疑问我将荣获冠军。作为奖品，大概至少能得到一盒炊用火柴。

我的交谈对象中有一个火星出生的和一个土星出生的。两人的话给我以极深的印象。最先讲的是土星。

“那里嘛……冷得不得了。”他呻吟似的说，“一想都发、发晕。”

他属于某个政治性团体，该团体占据了大学校园的九号楼。他的座右铭是“行动决定思想，反之则不可”。至于什么决定行动，却无人指教。可九号楼里有饮用水冷却器、电话和洗澡的热水，二楼甚至有蛮别致的音乐室，里边有两千张唱片和“剧院之声”A5 音响系统，堪称天堂（较之有一股自行车赛场厕所那种味道的八号楼）。他们每天早上用热水齐刷刷地刮去胡须，下午兴之所至地一个接一个打长途电话，到了晚上聚在一起听唱片，以至秋天结束的时候他们个个成了西方古典音乐爱好者。

十一月间一个天晴气朗的午后，第三机动队冲进九号楼时，据说里边正用最大音量播放维瓦尔迪①《谐和的幻想》。真假弄不清楚，却是一九六九年的温馨传说之一。

我从堆得摇摇欲坠的用来作路障的长椅下面钻过时，正隐约传来海顿的G小调钢琴奏鸣曲。那撩人情怀的气氛，同爬上开满山茶花的山坡小路去女朋友家时一模一样。他劝我坐在最漂亮的一把椅子上，把温吞吞的啤酒倒进从理学院弄来的烧杯里。

“而且引力大得很。”他继续讲土星，“一个家伙踢在从口里吐出的香口胶残渣上，竟踢裂了脚背。地、地狱啊！”

“是够意思。”我隔了两秒附和道。那时候我早已学到了各式各样——不下三百种——附和方式。

“太、太阳小得很，小得就像从外场看放在本垒上的一个

① 一译维伐尔地。意大利作曲家、小提琴家（约1675—1741）。

橘子，所以总是黑麻麻的。”他叹息一声。

“大家干吗不离开呢？”我问，“容易生活的星球另外也是有的嘛，何苦……”

“不明白。怕是因为生在那上面的吧——是、是这么回事。我大学毕业也回土星。建、建设一个美好的国家。搞、搞、搞革命。”

总之我喜欢听遥远地方的故事。我像冬眠前的熊一样贮存着好几个这样的地方。一闭上眼睛，眼前就浮起街衢，现出房舍，传来人语，甚至感觉得到人们那大约永远一成不变的、徐缓然而实实在在的生之潮流。

* * *

直子也跟我讲过好几次。我一字不差地记得她的话。

“不知道怎么称呼才好。”

直子坐在阳光明朗的学校休息室里，一只手支着脸颊不无厌烦地说着，笑了笑。我耐住性子等她继续下文。她说话总是慢悠悠的，总是字斟句酌。

我们面对面坐着。中间一张红色塑料桌，桌上放有一个满满装着烟头的纸杯。从高高的窗口如鲁本斯的画一般射下的阳光，在桌面正中间画出一条线，将明暗截然分开。我放在桌上的两手，右手在光照中，左手在阴影里。

一九六九年春天，我们都正二十岁。休息室给我们这些穿着新皮鞋、夹着新讲义、脑袋里灌满新脑浆的新生挤得再无插足之地，身旁始终有人因碰撞而互相埋怨，或互相道歉。

“那根本算不上城市。”她继续道，“有一条笔直笔直的铁路，有个车站。车站不成样子，下雨天司机恐怕都看不见。”

我点了下头。尔后两人一声不响地茫然看着在光照中摇曳不定的香烟烟雾，足足望了三十秒。

“车站月台上总有狗从这头走到那头。就这么个车站，明白？”

我点点头。

“出了站，有块小小的交通岛，有汽车站，有几家店铺……店铺都傻呆呆的，一直走过去就是公园。公园有一架滑梯、三座秋千。”

“沙坑呢？”

“沙坑？”她慢慢想了一会儿，然后确认似的点下头，“有的。”

我们再次陷入沉默。我把燃到头的香烟小心地碾灭在纸杯里。

“那座城市真个无聊透顶！建造那么无聊的城市到底出于什么目的呢？无法想象！”

“神是以各种各样的形式出现的。”我试着说了一句。

直子摇摇头，一个人笑了起来。那是成绩单上清一色A的女大学生常有的笑法。笑得活像《爱丽丝漫游奇境记》里边的柴郡猫。她消失后那笑也没消失，在我的心里留了很久，不可思议。

对了，无论如何我都想见见月台上跑来跑去的狗。

＊ ＊ ＊

四年后，一九七三年五月，我一个人找到那座车站，为了看狗。为此我剃了胡须，扎上半年没扎的领带，换上科尔多瓦新皮鞋。

* * *

我从车上——从只有两节眼看就要生锈的凄凄惶惶的车厢的市郊电气列车上——下来，最先扑鼻而来的是令人怀念的青草气息，那是很久很久以前的郊游气息。五月的风一如往昔从时间的远方阵阵吹来。若扬起脸侧耳倾听，甚至可以听见云雀的鸣叫。

我打了个长长的哈欠，坐在车站长椅上，以很无奈的心情吸了支烟。清早走出宿舍时那兴冲冲的劲头已经荡然无存，似乎一切不过是同一事情的周而复始而已。永无休止的 dé jà vu，[1]且重复一次恶化一次。

以前有一段时间，我曾跟几个朋友横七竖八地挤睡在一起。天亮时有人踩我的脑袋，道一声对不起，随即传来小便

① 法语。意为未曾经历的事情仿佛在某处经历过的似曾相识之感（既视感）。

声。周而复始。

我松了松领带，嘴角仍叼着香烟，用尚未合脚的皮鞋底咔嚓咔嚓使劲地蹭水泥地面，目的是为了减轻脚痛。痛倒是没那么厉害了，却持续带给我一种乖戾感——就好像身体被另外分成了几部分。

狗没出现。

* * *

乖戾感……

时不时有这种乖戾感，感觉上就像硬要把拼片混在一起的两套拼图同时拼接起来似的。每当这时，我总是喝威士忌躺下。早上起来情形愈发不可收拾。周而复始。

睁眼醒来，两侧有双胞胎女孩。同女孩睡觉虽说以前经历过几次，但两侧睡有双胞胎女孩毕竟头一遭。两人把鼻尖触在我两肩，很惬意似的睡个不醒。一个十分晴朗的周日清晨。

一会儿，两人几乎同时睁开眼睛，毛手毛脚地穿上脱在床下的衬衫和蓝牛仔裤，不声不响地在厨房煮咖啡，烤面包片，从电冰箱里拿出奶油摆上餐桌。动作甚是训练有素。不知名的鸟儿落在窗外高尔夫球场的铁丝网上，机枪扫射般叫个不止。

“贵姓？”我问两人。醉意仍未消失，弄得我脑袋像要涨裂。

“不配有名有姓。”坐在右侧的说道。

“实际上也不是了不得的姓名。”左边的说，“明白？”

“明白。”我说。

我们隔桌而坐，嚼烤面包片，喝咖啡。咖啡十分够味儿。

“没名字不方便？”一个问。

“方不方便呢？”

两人想了一阵子。

“无论如何都想要名字的话，你适当给取一个好了。”另一个提议。

“随你怎么叫。”

两人一唱一和，活像调试调频立体声广播。于是我脑袋愈发痛了。

“比如说？”我问。

“右和左。”一个说。

“竖和横。”另一个道。

“上和下。”

“表与里。”

“东和西。”

“进口与出口。”我也不甘落后，好歹加上一句。

两人相视而笑，一副满意的样子。

* * *

有进口必有出口，事物大多如此：邮筒、电动吸尘器、动物园、酱油壶。当然也不尽然，如捕鼠器。

* * *

我在宿舍洗涤槽下面放过捕鼠器，饵料用的是薄荷香口胶。找遍房间，大凡能称为食品的仅此一物，是从冬令大衣口袋里连同电影票根一起发现的。

第三天早上，一只小鼠撞上机关。鼠的颜色就像伦敦免税店里堆积的开司米羊毛衫，年龄还小，以人比之，也就十五六岁吧。多愁善感的年龄。一小截香口胶掉在脚下。

逮自是逮住了，可我不晓得如何处置。于是任凭夹子夹着它的后腿。鼠第四天早上死了。它那样子留给我一个教训：

事物必须兼具进口与出口，此外别无选择。

＊ ＊ ＊

铁路沿着丘陵，就好像用格尺画好似的，一个劲儿笔直地伸延开去。遥远的前方那模模糊糊的绿色杂木林，小得像一团废纸。两条钢轨钝钝地反射着日光，紧挨紧靠地消失在绿色中。无论走去哪里，这光景恐怕都将无尽无休地持续下去。如此一想，便有些烦了，心想地铁倒强似许多。

吸罢烟，我伸个懒腰仰望天空。好久没望天空了，或者不如说慢慢观望什么这一行为本身，于我已经久违了。

天空无一丝云絮，然而整体上还是罩有一层春天特有的朦朦胧胧的不透明面纱，天空的湛蓝便力图透过这虚无缥缈的面纱一点点渗出。阳光如细微的尘埃悄无声息地从空中降下，不为任何人注意地积于地表。

温吞吞的风摇晃着光。空气恰似成群结队在树木间飞行的鸟一般缓缓流移。风掠过铁路线徐缓的绿色斜坡，越过钢轨，不经意地震颤树叶、穿过树林。杜鹃鸟的叫声成一直线横穿柔和的光照，消失在远处的山脊线。一座座山丘起伏着连成一排，如熟睡中的巨猫匍匐在时光的向阳坡面。

* * *

脚愈发痛了。

* * *

讲一下井。

十二岁的时候直子来到这个地方。以西历说，就是一九六一年，纳尔逊唱《哈啰，玛丽·露》那年。当时，这平和的绿色谷地里不存在任何引人注目的东西。几户农舍，一点点农田，一条全是小龙虾的河，单线市郊电车和催人打哈欠的小站，仅此而已。农户院子里大多有几棵柿树，院角搭着随时可能倒塌的任凭风吹雨淋的小棚棚。小棚棚面对铁路一侧的墙壁钉着花花绿绿的铁皮广告板，内容不是粗卫生纸就是香皂。便是这么一个地方。狗都没有的，直子说。

她迁来住下的房子是朝鲜战争期间建造的西式二层楼。大并不怎么大，但由于立柱粗实硕壮，加之其他木料选得考究各得其所，因此房子看上去甚是沉稳气派。外墙涂成深浅三个层次的绿色，分别给太阳和风雨褪色褪得恰到好处，同周围风景浑融一体。庭院宽大，院内有几块树林和一个不大的池塘。树林中有一间当画室使用的工致的小八角亭，凸窗上挂着全然看不出原来是何颜色的花边窗帘。池塘里水仙开得正盛，每天早晨都有小鸟聚在上面戏水。

最初的主人——亦是此座房子的设计者——是一位上了年纪的油画家，在直子搬来的前一年冬季患肺病死了。一九六〇年。鲍比唱《皮球》那年。冬季雨水多得出奇。这个地方雪倒是几乎不下，而代之以下雨，极冷极冷的雨。雨渗入土地，整个地面潮乎乎凉津津的。地下则充满带甜味的地下水。

沿铁路走五分钟，有一户以掘井为生的人家。那里位于河边湿漉漉的洼地，一到夏天，房子便给蚊子和青蛙围得严严实实。井匠五十光景，脾气古怪，落落寡合，但在掘井方面却是不折不扣的天才。每次有人求他掘井，他都先在那户人家的房前屋后转上好几天，一边嘴里嘟嘟囔囔地说着什么，一边捧起泥土嗅来嗅去。一旦找到自己认可的掘井点，便叫来几个要好的同行笔直地挖将下去。

这么着，这一带的住户得以畅饮上好的井水。水又清又凉，连拿杯子的手都好像透明起来。人们说是富士山的雪水。笑话！距离上不可能。

直子十七岁那年秋天，井匠被电车轧死了。倾盆大雨，加上又喝了冷酒又耳朵不灵的缘故。整个人被轧成万千肉片飞溅到四下的荒野，用铁桶回收了五桶。那时间里七个警察不得不用顶端带钩的长竿驱赶饿狗群，但还是有大约一桶分量的肉片落进河中冲入池塘，成为鱼食。

井匠有两个儿子，两个都未继承父业，离开了此地。剩下的房子谁也不靠近，成了空房，经过漫长的岁月化为废墟。自那以来，这一带出好水的井就变得宝贵了。

我喜欢井。一见井就往里投石子。再没有比石子打在深井水面时的那一声令我心怀释然了。

* * *

一九六一年直子一家迁来此地，完全是她父亲的主意，一来她父亲和死去的画家是好友，二来当然也是因为他中意这个地方。

他在他那个领域大约是个小有名气的法国文学专家。不料直子上小学时他突然辞去了大学里的工作，开始兴之所至地翻译莫名其妙的古书，过起无拘无束的日子来。所译之书俱是堕落天使、破戒僧、驱恶魔、吸血鬼方面的。详情不得而知，只在杂志上看过一次他的照片。据直子讲，他年轻时候人生打发得还是蛮有滋味的。那气氛从照片上的风貌中多少窥得出：头戴鸭舌帽，架一副黑边眼镜，紧紧盯视照相机镜头往上一米左右的位置。想必发现了什么。

* * *

直子一家迁来的当时，此地还聚集着此类神神经经的文化人，差不多形成了一个文人部落，正如沙俄时代思想犯集中的西伯利亚流放地。

关于流放地，读托洛茨基传记时多少读到一些。不知何故，里边的蟑螂和驯鹿至今仍记得一清二楚。也罢，就谈谈驯鹿……

托洛茨基趁着夜色偷得驯鹿拉的雪橇，逃离流放地。冰封雪冻的白茫茫的荒野上，四头驯鹿奔跑不止。它们呼出的气变成白团，蹄子刨起处女雪。两天后跑到火车站时，驯鹿们累倒了，再未爬起。托洛茨基抱起驯鹿，泪流满面地对天发誓：我一定给这个国家带来正义带来理想带来革命！红场上现在仍矗立着四头驯鹿的铜像。一头向东，一头向北，一头向西，一头向南。甚至斯大林都未能毁掉驯鹿们。去莫斯科的人周六早上到红场看一眼就知道了。应该能看见脸颊红扑扑的中学生吐着白气用拖布清扫驯鹿的赏心悦目的场景。

……回头说一下文人部落。

他们避开距车站近的交通便利的平地，特意选在山半腰建起了风格各异的房舍。每座房的院子都大得异乎寻常，杂木林、池塘、小山包就依原样留在院子里。有的人家庭院内甚至有小溪淙淙流淌，河里游动着原生鲇鱼。

每天早晨他们给斑鸠的鸣声叫醒，咔嚓咔嚓踩着山毛榉树籽巡视院落，不时停下来仰视树叶间泻落的阳光。

星移斗转，由城中心急速扩展开来的住宅现代化浪潮多少波及了这里。时值东京奥林匹克运动会前后。从山上俯视，俨然无边大海的桑田被推土机推得人仰马翻，以火车站为中心的平板板的街道渐次成形。

新居民基本是公司里的中坚职员，早上五点刚过就飞身爬起，三两把洗罢脸，挤上电车，夜里很晚才像死了一般返回。

所以，他们能慢慢观望街道和自家住宅的时间仅限于周日下午，而且他们竟像有约在先似的家家养狗。狗们一次接一次交配，小狗成了野狗。过去狗都没有——直子说的便是这个意思。

* * *

等了一个多小时，狗仍未出现。我点燃十多支香烟，又抬脚踩灭。我走到月台中间，对着自来水龙头喝了如利刃割手一般凉的很好喝的水。狗还是没露面。

车站旁边有个很大的湖。湖又弯又细，形状如截流的河段。四周水草丰茂，不时有鱼跃出湖面。岸边有几个男人等距离坐着，闷头把钓线垂向浑浊的水面。钓线竟如扎进水面的银针一般纹丝不动。懒洋洋的春日阳光下，估计是垂钓客领来的大白狗乐此不疲地来回嗅着三叶草的气味儿。

狗来到离我十来米远时，我从栅栏上探出上身招呼它。狗抬起脸，以颜色浅得令人伤感的褐色眼珠看我，摇了两三下尾巴。我打个响指，狗马上跑来，从栅栏缝里挤过鼻头，伸长舌头舔我的手。

“过来呀！”我后退几步招呼道。

狗犹豫不决似的回头看看，不知所措地摇尾不止。

“过里边来嘛！等得我好苦。”

我从衣袋掏出香口胶，剥下包装纸给狗看。狗目不转睛看了片刻，终于下定决心，钻过栅栏。我摸了几下狗的脑袋，而后用手心团起香口胶，用力往月台尽头掷去。狗径直跑去。

我心满意足地扭头回家。

* * *

在回家的电车中，我好几次自言自语：全部结束了，忘掉好了！不是为这个才到这里来的么？然而我根本忘不掉，包括对直子的爱，包括她的死。因为，归根结底，什么都未结束。

* * *

金星是一颗云层笼罩的炎热的星。由于热由于潮气，居民大半短命。活上三十年就成传说了。唯其如此，他们富于爱心，全体金星人爱全体金星人。他们不怨恨他人，亦不羡慕，不蔑视，不说坏话，不争斗不杀人。有的只是爱和关心。

“就算今天有谁死了，我们也不悲伤。”一个金星出生的文静的男子这样说道，“我们在活着的时候已尽量爱了，以免后来懊悔。”

“就是说要先爱喽？”

“不大懂你们的语言啊！”他摇头。

“真能顺利做到？”我试着问。

“若不那样，”他说，“金星将被悲哀淹没。”

* * *

返回宿舍，双胞胎活像罐头里橄榄油炸的沙丁鱼一般并排钻在被窝里，正哧哧对笑。

“您回来了？”一个说。

“去哪儿了？”另一个说。

“车站。”说着，我解开领带，钻到双胞胎中间，闭上眼睛。困得要死。

“哪里的车站？”

“干什么去了？”

“很远的。看狗去了。”

“什么样的狗？”

“喜欢狗？”

“大大的白色的狗。不过对狗倒不怎么喜欢。”

我点燃一支烟。两人保持沉默，直到我吸完。

“伤心？”一个问。

我默默点头。

“睡吧。”另一个说。

我睡了。

＊ ＊ ＊

这既是“我”的故事，又是被称为“鼠”的那个人的故事。那个秋天，“我”们住在相距七百公里的两个地方。

一九七三年九月，这部小说始于那里。那是进口。若有出口就好了，我想。倘没有，写文章便毫无意义。

弹子球的诞生

大概不至于有人对雷蒙德·莫洛尼这个名字有所记忆。

其人存在过，并且死了，如此而已。关于他的生涯，任何人都不了解。了解也超不过对深井底部的豉母虫的程度。

不过，弹子球发展史上的一号机是一九三四年由此人之手从高科技黄金云层之间带到这个秽物多多的地面，却是一个史实。那也是阿道夫·希特勒远隔大西洋这个巨大水洼把手搭在魏玛阶梯第一阶的那年。

可是，这位雷蒙德·莫洛尼的一生并非如赖特兄弟和贝尔那般涂满神话色彩，既无少年时代情调温馨的插曲，又没有戏剧性的EUREKA①，仅仅在为好事读者而写的好事专门书的第一页上留下了名字：一九三四年，弹子球一号机由雷蒙德·莫洛尼发明出来。连张照片都没有，肖像铜像自然更谈不上。

也许你这样想：假如不存在莫洛尼，弹子球机的历史恐怕与现在的截然不同，甚至都不会出现。而这一来，我们对这个莫洛尼的不当评价岂不成了忘恩之举？可是，你若真有机会面对莫洛尼发明的弹子球一号机“巴里夫”，这一疑念肯定灰飞烟灭。因为个中没有任何足以激发我们想象力的要素。

弹子球机同希特勒的步伐有一个共同点：双方都作为时代泡沫连同某种可疑性产生于人世，比之存在本身，其进化速度更是使之获得了神话式的光环。进化的动力当然不外乎三个车轮，即高科技、资本投入以及人类的本源性欲望。

人们以可怕的速度赋予这台原本同泥偶人大致无异的弹子球机以五花八门的能力。有人叫“发光”，有人喊“通电”，有人叫“安蹼”，于是光照亮盘面，电用磁力弹击球体，蹼（flipper）的双臂将球掷回。

记分屏（score）将操作伎俩换算成十进法数值，警示灯对剧烈的摇晃做出反应。继而预定程序（sequence）这一形而上学式概念诞生了，奖分灯（bonus light）、加球（extra）、重来

---

① 古希腊科学家阿基米得想到黄金纯度测量方法时的惊叫之语：“妙哉，正是它！”

（replay）等各种各样的学派从中产生出来。实际上弹子球机也在这一时期带上了某种巫术色彩。

* * *

这就是关于弹子球的小说。

* * *

弹子球研究专著《奖分》的序言中这样写道：

除了换成数值的自尊心，从弹子球机中你几乎一无所得，而失去的却不可胜数。至少失去了时间——失去了用足以建造所有历届总统铜像（当然是说如果你有意建造理查德 · M · 尼克松铜像的话）的铜板都换不来的宝贵时间。

在你坐在弹子球机前持续消耗孤独的时间的过程中，也许有人阅读普鲁斯特，有人一边观看车内电影《勇敢跟踪》一边同女友沉浸在性爱抚的快感中。而他们很可能成为洞察时代的作家，或幸福美满的夫妻。

然而弹子球机不会将你带去任何地方，唯独“重来”的指示灯闪亮而已。重来、重来、重来……甚至使人觉得弹子球游戏存在本身即是为了某种永恒性。

关于永恒性我们所知无多，但可以推测其投影。

弹子球的目的不在于自我表现，而在于自我变革；不在于扩张自己，而在于缩小自己；不在于分析，而在于综合。

假如你想表现自我和扩张、分析自己，那么你恐怕将受到警示灯的无情报复。

祝你玩得愉快！

1

识别双胞胎姐妹的办法当然有好几种，遗憾的是我一种都不知晓。五官也好声音也好发型也好，全都毫无二致。加之既没黑痣又无胎记，真个叫人束手无策。完美的复制。对某种刺激的反应程度也毫厘不爽，就连吃的喝的唱的以至睡眠时间、月经周期都如出一辙。

双胞胎这一状况是怎样一种状况，乃是远远超出我想象力的问题。如果我有双胞胎兄弟，且我俩全都一模一样的话，我想我肯定会陷入可怕的狼狈境地。也许因为我本身存在某种问题。

可她们两人却全然相安无事。当她们意识到我无法区分她们时，两人大为惊讶，甚至气急败坏。

“截然不同的嘛！”

“压根儿就是两个人。”

我一声没吭，耸耸肩。

至于两人闯入我房间已过去了多少时间，我记不清楚了。自从同这两人一起生活后，我身上对时间的感觉已明显钝化，恰似通过细胞分裂增殖的生物对时间所怀有的那种感觉。

* * *

我和我的朋友在涩谷去南平台的坡路旁的一座商品楼里租个套间，开了一家专门搞翻译的小事务所。资金是朋友父亲出的，但不是值得大惊小怪的款额。除了付去房间的预付租金，还买了三张铁桌、十来本辞典、电话机和半打波本威士忌。剩下的钱定做了一块铁招牌，琢磨出个合适名称雕刻上去，挂到外面，又在报纸上发了一条广告。之后两人便四条腿搭在桌面上，边喝威士忌边等顾客。那是一九七二年春天的事。

数月过后，我们发现自己一锹挖在了富矿上。数量惊人的委托件涌进了我们小小的事务所，我们用由此得到的收入购置了空调机、电冰箱和一套家庭酒吧。

“咱们是成功人士。”朋友说。

我也踌躇满志。有生以来我是第一次从别人口里听到如此温暖的话语。

朋友同一家他熟悉的印刷厂拉上关系，让对方一手承印需要印刷的翻译件，还拿了回扣。我在外国语大学的学生科招来几个成绩好的学生，把我们忙不过来的交给他们译第一稿。雇了个女事务员，负责杂务、会计和对外联系。是个双腿修长的乖巧的女孩，刚从商校毕业出来，除却每天哼唱二十遍《佩尼基》（这也是掐头去尾的）这一点，其他没什么明显的缺点。“碰上她，算我们好运！”朋友说。于是给她一般公司百分之一百五十的工资，另有相当于五个月工资的奖金，夏冬两季各放十天假。这么着，我们三人都过得心满意足，快快乐乐。

这个套间是两室带一个厨房兼餐室。莫名其妙的是厨房兼餐室竟位于两室之间。我们用火柴杆抽签，结果我得里面的房间，朋友得靠外门的房间。女孩坐在中间的厨房兼餐室里唱着《佩尼基》整理账簿，或做对水威士忌，或鼓捣捕捉蟑螂的机关。

我用必备品经费买来的两个文件柜置于桌子两侧，左侧放未译的，右侧放译毕的。

译件的种类也罢委托人也罢，委实多种多样。有《美国科学》上刊载的关于滚珠轴承耐压性的报告，有一九七二年度全美鸡尾酒专刊，有威廉·斯蒂伦①的小品文，有安全刮须刀说明书。凡此种种，一律贴上期限日期标签堆在桌子左侧，经过一段时间后移到右侧。每译完一份，都要喝掉大拇指那么宽的威士忌。

搞我们这个档次的翻译的好处，就是无须加进什么想法。左手拿硬币，啪一声放到右手，左手腾空，右手留下硬币，如此而已。

十点上班，四点离开。星期六三人走去附近一家迪斯科舞厅，边喝 J&B 边跟着冒牌桑塔纳乐队跳舞。

收入不赖。从收入中扣除事务所租金、一点点必需的经费、女孩工资、临时工酬金及税款，剩下的分成十份，一份作为事务所存款，五份他拿，我拿四份。分法诚然原始，但在桌面上等额排开现金确是令人开心的活计，令人想起《辛辛那提

① 美国小说家（1925— ）。

年轻人》里的斯蒂文·麦克奎因和爱德华·G·罗宾逊玩扑克牌的镜头。

他五我四这一配额，我想是十分妥当的。因为实质性经营推给了他，而且我喝威士忌喝过量他也默默忍耐，毫无怨言。再说他还要负担体弱多病的妻和三岁的儿子和一辆水箱老出毛病的“大众”。即使这样也还是入不敷出，总有什么让他郁郁寡欢。

“我也要养一对双胞胎女孩的哟！”一天我这样说道。他当然不肯信，依旧他拿五份，我拿四份。

如此这般，我二十五六岁的季节就流逝过去了。午后阳光一般温煦平和的日子。

“大凡人写的东西，”我们那三色印刷的宣传册上有这么一句光彩夺目富有蛊惑性的广告词，“不存在人所不能理解的。”

每半年转来一次的闲得发慌的时候，我们三人便站在涩谷站前散发这小册子打发无聊。

时间也不知流过了多少，总之我在横无际涯的沉默中行走不止。下班我返回宿舍，一面喝双胞胎斟的美味咖啡，一面读《纯粹理性批判》①，读了一遍又一遍。

有时候，昨天的事恍若去年的，而去年的事恍若昨天的。严重的时候，居然觉得明年的事仿佛昨天的。在翻译一九七一年九月号《埃斯加亚》刊载的肯尼斯·泰纳写的《波兰斯基论》的时间里，脑袋里一直在琢磨滚珠轴承。

好几个月好几年，我一个人持续坐在深水游泳池的底部。温暖的水，柔和的光，以及沉默、沉默……

* * *

识别双胞胎的办法只有一个，就是看她们身上的运动衫。完全褪色的海军蓝运动衫上，胸口印有白色数字。一件印“208”，一件印“209”。“2”在右侧乳峰之上，“8”或“9”位于左侧乳峰的上端。“0”被孤单单夹在二者之间。

头一天我就问这号码意味着什么。什么也不意味着，她

① 德国哲学家康德的著作。

们说。

“像是机器的出厂编号。”

“具体说来？”一个问。

“就是说，和你们同样的人有好几对，就用 No. 208 和 No. 209 区分开来。”

“不至于吧。”209 说。

“生来就一对。”208 道，“再说这衫是领来的。”

“在哪儿？”我问。

“超级市场的开业庆典上，白送给先到的人的。”

“我是第 209 个顾客。”209 说。

“我是第 208 个顾客。”208 说。

“两人买了三包纸巾。”

“OK，这样好了，”我说，“你叫 208，你是 209。这就区别开了。”我依序指着两人。

“行不通的。”一人说。

“为什么？”

两人默默脱下运动衫，交换后套进头去。

“我 208。”209 说。

“我209。”208道。

我喟叹一声。

尽管如此，在必须区分两人时，还是不得不靠编号。因为此外实在找不出识别办法。

除了这运动衫，两人几乎没别的衣服，看情形就像散步路上闯入他人房间直接住下来的，实际上怕也差不多。每周初我都给两人一点钱，叫她们买自己需要的东西。但两人除了保证吃饭，只买咖啡奶油饼干。

“没衣服不好办吧？”我试着问。

“没什么不好办。”208回答。

“对衣服没有兴趣。”209说。

每周两人在浴室不胜怜爱地洗衫一次。我在床上看《纯粹理性批判》，时而抬眼，便瞧见两人赤裸裸并坐在瓷砖上洗衫的身姿。这种时候，我真真切切地感到自己是真的来到了远方。原因我不明了。自从去年在游泳池跳水台下失去一颗假牙以后，便屡屡有如此感觉。

下班回来，常常看见208、209号衫在南面窗口摇来晃去，这时我甚至会涌出泪水。

* * *

至于两人为何住进我的房间，打算住到何时，至少是何人物，年龄几何，生于何地……我都一概没问。她们也没提起。

我们三人或喝咖啡，或傍晚一边找丢失的高尔夫球，一边在高尔夫球场散步，或在床上嬉闹，如此一天天过去。主要节目是新闻解说，每天我用一个小时给两人解说新闻。两人无知得出奇。连缅甸和澳大利亚都混为一谈。让她们明白越南正分为两部分在打仗花了三天，解释尼克松轰炸河内的原因接着耗掉四天。

"你声援哪边？" 208 问。

"哪边？"

"南边和北边呀。" 209 说。

"这——怎么说呢，说不清。"

"为什么？" 208 问。

"我又没住在越南。"

两人都对我的解释感到费解。我也费解。

“想法不同才打仗的吧？”208紧追不舍。

“也可以这么说。”

“就是说有两种相对立的想法喽？”208问。

“是的。不过，世上两相对立的想法不下一百二十万。不，说不定更多。”

“就是说差不多跟谁都成不了朋友？”209道。

“可能。”我说，“差不多跟谁都成不了朋友。”

这就是我七十年代的生活方式。陀思妥耶夫斯基预言，我付诸实施。

2

一九七三年秋天总好像暗藏着一种居心不良的什么。鼠清清楚楚地觉察到了，就像觉察到鞋里的石子。

那年短暂的夏天如被九月初不稳定的气流吞噬一般消失之后，鼠的心仍留在夏日若有若无的余韵中。旧T恤、乞丐牛仔裤、沙滩拖鞋——便是以这副一如往日的打扮出入杰氏酒吧，坐在吧台前和调酒师杰没完没了地喝有些凉过头的啤酒。又开始了吸烟——五年没吸了，每隔十五分钟看一次表。

对鼠来说，时间就好像在哪里被一下子切断了。何以至此，鼠也弄不明白，甚至哪里断的都找不到。他手拉救不了生的救生缆，在秋日幽幽的昏暗中往来彷徨。他穿过草地，跨过河流，推开若干扇门。但救不了生的救生缆不可能将他带往任何地方。他像被扯掉翅膀的冬蝇，又如面临大海的河流，有气无力，孤孤单单，感觉上似乎哪里有恶风吹来，将原来包笼鼠的温情脉脉的空气一古脑儿吹去了地球背后。

一个季节开门离去，另一季节从另一门口进来。人们有时慌慌张张地打开门，叫道喂、等等、有句话忘说了，然而那里一个人也没有。关门。房间里另一季节已在椅子上坐下，擦火柴点燃香烟。他开口道，如果有话忘说了，我来听好了，碰巧也可能把话捎过去。不不，可以了，人们说，不是什么大不了的事。唯独风声涌满四周。不是什么大不了的事，一个季节死去而已。

* * *

从大学退学的这个富有青年同孤独的中国调酒师，俨然一对老年夫妇，肩靠着肩度过自秋至冬这个冷飕飕的季节，年年如此。

秋季总不讨人喜欢。夏日回乡休假的他的为数不多的朋友，不等九月来临便留下三两句告别话返回遥远的属于他们自身的场所。当夏天的阳光宛如越过肉眼看不见的分水岭而微微改变色调的时候，如天使光环般极其短暂地包笼鼠的某种闪耀也消失了。温馨梦境的残片恰似一缕河水渗入秋天的沙地，完全无迹可寻。

另一方面，对杰来说，秋天也绝非令人欢欣鼓舞的季节。九月一过半，店里的顾客便明显减少了。其实那年秋天的萧索也不无可欣赏之处——一如往年，但杰也好鼠也好都不明所以。每到关门时间，都还有用来炸薯片的半桶剥皮马铃薯剩下来。

“马上要忙了，”鼠安慰杰，“这回又该发牢骚说忙得晕头转向了哟！”

“会不会呢……”

杰一屁股坐在吧台里的小凳上，一边疑惑地说着，一边用破冰锥弄掉面包烤箱上沾的黄油。

往后如何谁都无从知晓。

鼠悄悄翻动书页，杰一面擦酒瓶子，一面用粗糙的手指夹起不带过滤嘴的香烟吸着。

* * *

对鼠来说，时间的流逝渐渐失去均衡是大约三年前的事，从大学退学那年春天开始。

鼠离开大学自然有若干理由。其若干理由复杂地交织在一起，当达到一定温度时，砰一声保险丝断了。有的剩下，有的弹飞，有的死了。

他没向任何人解释不再上大学的理由。一五一十解释起来怕要五个钟头。如向一个人解释，说不定其他人都要听，而不久就要落到向全世界解释的地步。于是他打心眼厌烦起来。

“不中意正院草坪的修剪方式。”横竖要解释一两句时，他便这样说道。

事实上还真有女孩跑去看学校正院的草坪，并说也不那么糟啊，倒是多少扔着点儿纸屑……鼠回答说属于口味问题。

“互相喜欢不来，我也好学校也好。”心情多少开朗时鼠这样说道。但也仅此一句，往下再不开口。

已是三年前的事了。

随着时间的推移，一切都已过去，以快得几乎难以置信的速度。一段时间在他心里剧烈喘息的几种感情也很快偃旗息鼓，蜕化为无谓的旧梦。

鼠上大学那年离开家，住进父亲一度当书房使用的公寓套间。父母也没反对，一来买的时候就是为了将来给儿子，二来认为眼下叫他体验单身生活的辛劳亦非坏事。

不过，无论谁怎么看那都算不上什么辛劳，就如同香瓜看上去不是蔬菜。两个房间带厨房兼餐室，设计得宽宽敞敞，有空调有电话，有十七英寸彩电，有带淋浴的浴室，有趴着Triumph① 的地下车库，还有正适合做日光浴的别具一格的阳台。从东南角最上层的窗口可以眺望市容和海。敞开两侧窗扇，树木浓郁的清香和野鸟的鸣啭便随风而来。

风和日丽的午后，鼠每每在藤椅上度过。迷迷糊糊闭起眼睛，时间恍若缓缓流动的河水穿过自己的身体。鼠便是这样打发时光——好几个小时，好几天，好几星期。

---

① 英国产小轿车商标名，原意为“胜利”。

时而有几道不大的感情浪头突如其来地拍打他的胸际，这时鼠便合起眼睛，紧紧关闭心扉，静等浪头退去。往往是在薄暮时分若明若暗的一刻。浪头退去后，寻常的静谧与安稳重新降临，仿佛什么都没发生过。

3

除了报纸推销员，基本上没什么人敲我房间的门，所以用不着开门，甚至应声都不曾有过。

不料，那个周日早上的来访者连续敲了三十五次。无奈，我半闭着眼睛从床上爬起，靠在门上似的打开门。只见一个身穿灰工作服的四十光景的男子，手俨然怀抱小狗崽似的拿着安全帽伫立在走廊。

“电信局的，”男子说，“更换配电盘。”

我点点头。来人肤色极黑，胡须怕是怎么刮都刮不干净，甚至眼窝都长了胡须。自知有点儿过意不去，可我就是困得不行。昨晚同双胞胎玩西式双六棋来着，玩到凌晨四点。

“下午不行吗？”

“非现在不可。”

“为什么？”

来人从大腿外袋窸窸窣窣地摸出一本手册给我看：“一日的工作量已经定下了，这地段完了马上去别的地段，喏！”

我从对面细瞧那手册。果不其然，这地段剩下的只有这座宿舍楼了。

“怎么一种操办？”

“简单。取下配电盘，割线，接上新的，就行了。十分钟完事。”

我略一沉吟，仍摇头道：

“现有的没什么不妥。”

“现有的是老式的。”

“老式的无所谓。”

“喂，我跟你说，”来人思索片刻，“不是那类问题。大家非常麻烦的。”

“如何麻烦？”

“配电盘全都同本公司庞大的电子计算机相连，单单你家的发出不同信号，这是非常麻烦的事。懂么？”

“懂。硬件和软件统一的问题啰。”

“懂就让我进去，好吗？”

我不再坚持，开门让他进来。

“不过，配电盘怎么会在我房间呢？”我试着问，“不在管理员房间或别的什么地方？”

“一般情况下。”来人边说边仔细查看厨房墙壁，搜寻配电盘，“不过么，大家都十分讨厌配电盘。平时不用，又占地方。”

我点点头。来人只穿袜子登上厨房餐椅查看天花板，还是找不见。

“简直像寻宝。大家都把配电盘塞到想象不到的地方去了，可怜的配电盘。可是又在房间里放傻大傻大的钢琴，放偶人玻璃箱，不可思议。”

我无异议。他不再搜寻厨房，摇着头打开里面房间的门。

“就说上次去的那座公寓吧，配电盘真够可怜的了。你猜到底塞到什么地方去了？就连我都……”

说到这里，来人屏住了呼吸：房间一角放着一张特大的床，双胞胎依然在中间空出我的位置，从毛巾被下并排探出脑袋。电工目瞪口呆，十五秒钟没说出话来。双胞胎也一声不响。只好由我打破沉默。

“喂，这位是电信局的。”

“请关照。”右侧说。

“辛苦了。”左侧说。

“啊——哪里。”电工开口了。

“换配电盘来了。”我说。

“配电盘？”

“什么，那是？”

“就是司掌电话线路的器具。”

“不明白。”两人说。于是电工接过我的下文：

“唔……就是，电话线有许多条集中在这里，怎么说呢，就像一只狗妈妈，下面有好几只小狗。喏，明白了吧？”

“？”

“不明白啊。”

“呃——这么着，狗妈妈要养小狗们……狗妈妈死了，小狗就活不成。所以，假如妈妈快死了，就得换上新妈妈。”

“妙。”

“棒。”

我也心悦诚服。

“这样，今天我就来了。正睡觉的时候，实在不好意思。”

“不碍事儿。”

“可得好好看看。”

来人放松下来，拿毛巾擦汗，环视房间：

“好了，得找配电盘了。”

“用不着找。”右侧说。

“就在壁橱里嘛。掀开板就是。”

我大吃一惊：

“喂喂，你们怎么知道？我都不知道！”

“不就是配电盘么？”

“名牌嘛。”

“得得。”电工道。

* * *

配电盘十来分钟就换完了。这时间里，双胞胎额头对着额头边嘀咕什么边哧哧笑，笑得电工配线配错了好几次。配完，双胞胎在床上鼓捣着穿上运动衫和蓝牛仔裤，去厨房给大家冲咖啡。

我劝电工吃我们剩下的丹麦酥皮饼，他乐不可支地接过，和咖啡一起送进肚里。

“对不起啊。早上到现在还什么都没吃。”

“没有太太？”208问。

“有，有的。问题是，星期天早上不给你起来。”

“可怜。”209道。

“我也不乐意星期天还出工的。”

“不吃煮鸡蛋？”我也有些不忍，遂问道。

“啊，可以了。再白吃下去就更对不住了。”

“没关系，”我说，“反正都要煮的。”

“那就不客气了。中等软硬度的……”

来人边剥鸡蛋壳边继续说道：

“二十一年里我转过的人家各种各样，可这样的还是头一遭。”

“什么头一遭？”我问。

“就是，这……跟孪生姐妹睡觉。我说，当丈夫的不容易是吧？”

“倒也不是。”我啜着咖啡说。

“真的？”

“真的。”

“他嘛，厉害着哩！”208说。

“一头野兽。”209道。

“得得。”电工说。

* * *

真够得上“得得”了——这不，他把旧配电盘忘下了。或是早餐的回报也未可知。总之，双胞胎同这配电盘整整耍了一天。一个当狗妈妈，另一个当狗女儿，互相说一些没头没脑的话。

我不理睬二人，下午一直闷头翻译带回来的资料。翻译初稿的打工学生正值考试阶段，致使我的工作堆积如山。进展本来不坏，不料过了三点竟如电池缺电似的减慢了速度。及至四点彻底死火，一行也译不下去了。

我不再勉强，双臂拄在桌面玻璃板上，对着天花板喷云吐雾。烟在静静的午后光照中宛如灵的外质①一般缓缓游移。玻璃板下压着银行派送的小月历卡。一九七三年九月……恍若梦境。一九七三年，我从未认为真正存在那样的年头。这么想着，不由觉得滑稽透顶。

“怎么了？”208 问。

“像是累了。不喝咖啡什么的？”

两人点点头，去了厨房，一个咔哧咔哧碾豆，一个烧水烫杯。我们在窗前地板上坐成一排，喝着热咖啡。

“不顺手？”209 问。

“像是。”我说。

“伤脑筋。”208 说。

“什么？”

“配电盘啊。”

① 一种据说是灵媒在降神时发出的黏性体外物质。

“狗妈妈。”

我从胸底叹了口气：“真那么想？”

两人点头。

“快死了。”

“是啊。”

“你们看怎么办？”

两人摇头：

“不晓得。”

我默默吸烟：“不去高尔夫球场散散步？今天星期天，丢失的球可能多些。”

我们玩了一个小时西式双六棋，之后翻过球场铁丝网，在傍晚空无一人的高尔夫球场走动。我用口哨吹了两遍米尔德雷德的《乡间每一个人都那么平静》。好曲子，两人夸奖说。可丢失的球一个也没拾到。这样的日子也是有的，想必整个东京城单差点选手全都集中起来了吧？或者球场养起了专找丢失球的英国猎兔犬亦未可知。我们灰心丧气地折回宿舍。

4

无人灯塔孤零零矗立在七拐八弯的长长的防波堤的端头。高约三米，不很大。在海水开始污染、鱼从岸边彻底消失之前，几只渔船利用这灯塔来着。倒也算不上有港口。海滩铺有钢轨样的简单木框，渔夫用绞盘缆绳把渔船拖上海滩。海滩附近有三户渔民。防波堤内侧有木箱，箱里装满了早上捕来的小鱼，晾在那里。

鱼已无影无踪，加之居民没完没了地申诉说住宅城市不宜有渔村存在，以及他们在海滩盖的小房属非法侵占市有地——渔民们由于这三个原因离开了这里。这是一九六二年的事。至于他们去了哪里，则无由知晓。三座小房两三下就拆除了，朽了的渔船既无用途又无处可扔，便弃在海边树林里，成了儿童们做游戏的地方。

渔船消失后，利用灯塔的船只，不外乎沿岸窜来窜去的游艇，或为了躲避浓雾台风而停在港外的货轮。其作用也降到有胜于无那个程度。

灯塔敦实实黑乎乎的，形状恰似整个倒扣的钟，又像沉思男人的背影。当夕阳西下、迷离的夕晖中有黛蓝色融进时，钟抓手那里便放出橙色的光，开始缓缓旋转。灯塔总是捕捉暮色变化中那恰到好处的临界点。无论是绚丽的晚霞，还是沉沉的雾雨，灯塔捕捉的瞬间总是相同的——光与暗开始交错而暗却将超过光的那一瞬间。

少年时代，鼠不知多少次在暮色中来海滩看那一瞬间。浪头不高的下午，他边走边数点防波堤上的旧石板，一直走到灯塔。甚至可以在意外清澈的海面上窥见初秋成群的小鱼，它们像寻找什么似的在堤旁画出几个圈，然后朝海湾那边游去。

终于走到灯塔后，他在防波堤端头坐下，慢慢打量四周。天空飘移着如毛刷勾勒出来的几缕纤细的云絮，目力所及，无不是不折不扣的湛蓝，那湛蓝不知深有几许，竟深得使少年不由双腿发颤，一种类似惧怵引起的颤抖。无论海潮的清香还是风的色调，大凡一切都鲜明得触目惊心。他花时间让自己的心一点点适应周遭景致，而后缓慢地回过头去。这回他望的是彻底被深海隔绝开来的他自身的世界。白沙滩，防波堤，绿松林。绿松林被压瘪一般低低地横亘着，苍翠的山峦在它身后清晰地列成一排，指向天空。

远处，左边有庞大的海港，可以望见好几架起重机、浮船坞、盒状仓库、货轮、高层建筑，等等等等。右边，沿着朝内侧弯曲的海岸线，静静的住宅街、游艇专用码头、酿酒厂的旧仓库接连排开。其空缺处，闪出工业地带一列球形油罐和高耸的烟囱，白烟依稀遮掩天空。对十岁的鼠来说，那也是他的世界尽头。

整个少年时代的春季和初秋，鼠都一次次往灯塔跑。浪高的日子，浪花冲洗他的脚，风在头顶呼啸，生苔的石板不止一次滑倒他细小的腿。尽管如此，那条通往灯塔的路对于他仍比什么都可亲。他坐在堤头侧耳倾听涛声，眼望空中的云和一群群小竹荚鱼，把装满衣袋的石子掷往海湾。

暮色四合时分，他顺着同一条路返回他自身的世界。归途中，无可名状的伤感时常罩住他的心。他觉得前头等待他的世界那般辽阔，那般雄浑，完全没有他潜入的余地。

女子的家位于防波堤附近。鼠每次路过那里，都能记起少年时代那朦胧的情思和黄昏的气息。他在海滨大道停下车，穿过沙滩上疏疏落落的防沙松林，沙在脚下发出干涩的声响。

公寓建在以前渔民小屋所在的地方。下挖几米，就有红褐色的海水上来。公寓的前院栽的美人蕉像被人践踏过似的无精打采。女子的房间在二楼，风强之日有细沙啪啦啪啦打在窗玻璃上。公寓朝南，够得上漂亮，但总好像荡漾着忧郁的氛围。海的关系，她说，离海太近了，潮水味儿、风、涛声、鱼味儿……一切一切。

没什么鱼味的，鼠说。

有的，她说。说罢啪一声拉绳合上百页窗。一住你就知道了。

细沙击窗。

5

学生时代我住的那个宿舍谁也没有电话，就连有没有一块橡皮都可怀疑。管理员室前面有一张附近小学处理的矮桌，桌上放一部粉红色电话，是整栋宿舍拥有的唯一电话。所以，没一个人留意什么配电盘之类。和平年月的和平世界。

管理员室里从未有过管理员。因此每次电话铃响，便由宿舍里的某个人拿起听筒，跑去叫人。当然情绪上不来时（尤其半夜两点）谁也不去接电话。电话便如预感死之将至的象一样，狂嚎乱叫若干次（我数的最多一回为三十二次），之后死掉。“死掉”——这一词眼一如其本身所示，死掉就是死掉。电话铃的最后一声穿过宿舍长长的走廊被夜幕吞噬后，突然而来的沉寂压向四周。沉寂得委实令人心怵。人人都在被窝中屏息敛气，回想彻底死掉的电话。

深更半夜的电话总是内容灰暗的电话。有人拿起听筒，开始低声讲话。

“那事别再说了……不对，不是那样……可已没有办法了，是吧？……不骗你。干吗骗你？……啊，只是累了……当然我心里也过意不去……所以嘛……明白了，我都说明白了，让我考虑一下好么？……电话里说不清的……”

看来任何人都有一大堆烦恼。烦恼事如雨从空中降下，我们忘我地将其拾在一起揣进衣袋。何苦如此，我至今也不明白。想必错当成别的什么了。

也有电报来。凌晨四时摩托开到宿舍楼门停下，肆无忌惮的脚步声响彻走廊。谁的房间被拳头砸开，那声音总使我联想到死神的到来。咚、咚。好几个人奄奄一息，神经错乱，把自己的心埋进时间的淤泥，为不着边际的念头痛苦不堪，相互嫁祸于人。一九七〇年，如此这般的一年。倘若人果真生来即是辩证地自我升华的生物，则那一年同样是充满教训的一年。

* * *

我住管理员室的隔壁，那个长发少女住二楼阶梯旁边。以打来电话的次数而论，她堪称全宿舍的冠军，我因之遭遇了几千次上下光溜溜的十五阶楼梯的惨境。找她的电话实在五花八门，语音有郑重的，有事务性的，有悲戚的，有傲慢的。每种声音都向我告以她的名字。那名字早已忘了，只记得是个平庸得令人沉痛的名字。

她总是对着听筒用低沉而疲惫之极的声音述说什么。说什么听不清，叽叽咕咕的。脸形也还漂亮，但总的说来，给人以压抑感。偶尔在路上擦肩而过，可从未打过招呼。她走路的神情，俨然骑一头白象在深山老林的小径上行进。

* * *

她在宿舍里大致住了半年，初秋到冬末。

我抄起听筒，跑上楼梯，敲她房间门，叫道：“电话！”少顷，她应一声“谢谢”。除了“谢谢”没听她说过别的。当然，作为我也除了“电话”别无他话。

对于我也是个孤独的季节。每次回到宿舍脱衣服，都觉得浑身的骨头像要捅破皮肤蹿出来似的。大概我体内存在着一种来路不明的活力，而那力正朝错误方向推进不止，要把我带去别的什么世界。

电话响了，我这样想道，有谁要对谁诉说什么。找我本身的电话几乎没有。想向我诉说什么的人一个也没有，至少我希望别人诉说的无人向我诉说。

或多或少，任何人都已开始按自己的模式活着。别人的若与自己的差别太大，未免气恼；而若一模一样，又不由悲哀。如此而已。

＊ ＊ ＊

最后一次为她接电话，已是冬末了。三月初，一个晴空万里的周六早上。说是早上，其实也快十点了。小房间每个角落都塞满了冬日透明的阳光。我一边在脑袋里半听不听地听着铃声，一边从床头窗口俯视甘蓝田。黑乎乎的田地上，残存的积雪如水洼一般到处闪着白亮亮的光。最后的寒流留下的最后的雪。

铃响十多遍也没人接，便不再响了。五分钟后再次响起。我以很无奈的心情在睡衣外披上对襟毛衣，开门拿起听筒。

“请问……在吗?”男人的语声。语音平板板、飘忽忽的。

我含糊地应了一声，慢慢上楼，敲她的门。

“电话!”

“——谢谢!”

我折回房间，在床上摊开四肢望天花板。响起她下楼的声音，随即传来一如往常的叽叽咕咕。就她来说，电话非常之短，也就十五六秒吧。放听筒声响过后，沉默笼罩四周。脚步声也没听到。

间隔一会儿，迟缓的脚步声朝我房间临近，并响起敲门声。响两次，之间隔有一次深呼吸所需要的时间。

打开门，身穿白色厚毛衣和蓝牛仔裤的她站在那里。一瞬间我还以为传错了电话。她一言不发，只管把双臂牢牢抱在胸前，瑟瑟发抖地看着我，眼神就像在救生艇上注视下沉的轮船。不，或者相反亦未可知。

“可以进去么？冷得要死。”

我不明所以地放她进来，关上门。她坐在煤气炉前，边烤手边环顾房间。

“房间一无所有啊！”

我点点头。的确一无所有，只窗前一张床。作为单人床偏大，作为小双人床又过小。其实床也不是我买的。朋友送的。我和他不怎么亲密，想象不出为何送我张床。两人几乎没说过话。他是地方上一个有钱人的儿子，在校园里给另一伙人打了，脸被施工靴踢得够呛，眼睛都踢坏了，遂退学离校。我带他去校医室的时间里，他抽抽搭搭哭个不停，弄得我甚是心烦。几天后，他说回老家去，床送给了我。

“没什么热乎东西可喝？”她问。

我摇了下头。什么也没有，我说。没有咖啡没有红茶没有粗茶，壶都没有。仅有一个小锅，每天早晨用来烧水刮须。她叹息一声站起，说声等等，走出房间，五分钟后两手抱着一个纸壳箱折回。箱里有够喝半年的袋泡红茶和绿茶，两袋饼干、细砂糖、水壶和一套餐具，还有两个印有史努比漫画的大号玻璃杯。她把纸壳箱重重地放在床上，用壶烧水。

“你到底怎么过的日子？岂不成《鲁宾孙漂流记》了？”

“是不怎么有滋味。”

“想必。”

我们默默地喝红茶。

“全给你。”

我惊得呛了口茶：

“为什么给？”

“劳你传了好多好多电话，算是谢意吧。”

“你也是需要的嘛。”

她摇了几下头：

“明天搬走，什么都不再需要了。”

我默默地思索事情的演变，但想象不出她身上发生了什么。

“好事？还是坏事？”

“不怎么好啊，退学回老家。”

洒满房间的冬日阳光阴暗下来，很快又变亮了。

“不过，你不想听的吧？换上我也不听，不愿意用留下不快记忆的人的东西。”

第二天一早就下冷雨。细雨，可还是透过雨衣弄湿了我的毛衣。我拿的大号手提箱也好，她拿的旅行衣箱和挎包也好，全淋得黑乎乎的。出租车司机没好气地说别把行李放在车座上。车内空气给空调和烟味弄得令人窒息，收音机正大声吼着一支老情歌，老得跟跳跃式方向指示器差不多。树叶脱尽的杂木林宛如海底珊瑚在路两侧展开湿漉漉的枝条。

“第一眼就没喜欢上东京的景致。”

“是么？”

“土太黑，河又脏，又没山……你呢？”

“没注意过什么景致。”

她叹气笑道：

“你肯定能顺利活到最后。”

东西放在月台后，她对我说实在谢谢了。

“往下一个人回去。”

“回哪里？”

“大北边。”

“冷吧？”

“不怕，习惯了。”

列车开动时，她从车窗招手。我也把手举到耳朵那里。车消失后，手不知往哪儿放，顺势插进了雨衣袋。

到天黑雨也没停。我在附近酒铺买两瓶啤酒，倒在她给的玻璃杯里喝着。简直要冻透骨髓。玻璃杯上画的是史努比和糊涂塌客在小狗舍上面快乐嬉闹的场景，表示人物说话内容的泡泡圈里印着这么一句：

“幸福就是有温暖的同伴。”

* * *

双胞胎睡熟后我睁眼醒来。后半夜三点。从卫生间窗口可以看见亮得近乎不自然的秋月。我在洗涤槽横头坐下，喝两杯自来水，用煤气灶给香烟点上火。月光照亮的高尔夫球场草坪上，数千只秋虫拥作一团似的鸣叫不已。

我把竖在洗涤槽旁边的配电盘拿在手上，专心致志地细看。再翻来覆去地看，也终不过是一块脏兮兮的并无意义可言的板。我不再看，放回原位，拍去手上沾的灰，大吸一口香烟。月光下，一切都显得苍白，任何东西都好像没有价值没有意义没有方向。影子都若有若无。我把烟在洗涤槽里碾灭，紧接着点燃第二支。

去哪里才能找到属于我自身的场所呢？到底哪里呢？双座鱼雷攻击机是我花了很长时间想到的唯一场所，可它又傻里傻气。何况鱼雷攻击机那玩艺儿至少落后于时代三十年，不是么？我折身上床，钻进双胞胎中间。双胞胎分别蜷起肢体，头朝外睡得呼呼有声。我拉过毛巾被，打量天花板。

6

女子关上浴室门。随后传来淋浴声。

鼠在褥单上坐起，心神不定地叼上一支烟，找打火机。桌面上和裤袋里都没有。连根火柴都没有。女子的手袋里也没有类似的玩艺儿。他只好打开房间的灯，逐个搜查桌子抽屉，找出一盒印有宾馆名称的旧纸盒火柴，点燃烟。

窗边藤椅上整齐地叠放着她的长筒袜和内衣，椅背上搭着做工精良的芥末色连衣裙，床旁茶几上放着虽然不新但保养得很好的 LABAGAGERIE 挎包和小巧的手表。

鼠坐在对面藤椅上，叼着烟怔怔地眼望窗外。

他住的公寓位于山半腰，可以真切地俯视杂乱无章地分布在夜色中的人们的活动。鼠不时双手叉腰，俨然站在下坡球道上的高尔夫球选手，好几个小时聚精会神地看这番光景。斜坡拾带着三三两两的人家灯火，朝脚下缓缓伸展。黑魆魆的树林，小小的山包，白色水银灯不时照出私人游泳池的水面。斜坡好歹不算太斜的地方，高速公路宛如地面上编织的光带一般蜿蜒而去。从那里到海边一公里宽的地带，便由呆板的街区占据了。黑暗的海面。海的黑色与天空的黑色难分难解地融在一起。灯塔的橙色光芒从中闪出，继而消失。在这些错落有致的断层之间有条球道一以贯之：

河！

* * *

鼠第一次见到她，是在天空多少保留着夏日光耀的九月初。

鼠看报纸地方版每周刊载的剩余物品交易栏时，在婴儿安全护圈、“灵格风”和儿童自行车之间找出了电动打字机，遂打电话联系。接电话的女子用事务性的声音说用了一年再保用一年、按月分期付款不行、要就请来取。买卖谈成。鼠开车去那女子公寓，付了款，接过打字机。夏天打零工赚了点钱，数目正好用来付这笔款。

女子长得小巧玲珑，穿一件蛮别致的无袖连衣裙。门口一盆挨一盆摆着形形色色的赏叶植物。脸形端庄，头发束在脑后。年龄看不确切，二十二到二十八，说出哪个数字都只能认可。

三天后有电话打来，女子说打字机色带有半打，需要的话请过来取。鼠于是去取，顺便邀她去杰氏酒吧，招待几杯鸡尾酒算是对色带的回礼。话倒没说几句。

第三次见面是在那四天后，地点是市区一家室内游泳池。鼠开车把她送回住处，并且睡了。鼠也不明白何以那样，谁先有意的也记不得了。大概类似空气的流移吧。

几天过后，同她交往的实感像打进日常生活的软楔子一般在鼠的体内膨胀开来。有什么在一点点捅他。每当想起女子搂在他身上的细弱的手臂，便觉得有一种久已遗忘的温柔感在自己心里化开。

的确，看上去她在她自己的小小世界里努力构筑某种完美，而且鼠知道那种努力非比寻常。她总是身穿虽不醒目却很得体的连衣裙，整洁清爽的内衣，往身上喷清晨葡萄园那般清香的科隆香水，说话小心翼翼、字斟句酌，不问多余的问题，微笑方式就像对着镜子练过多少次似的。而这每一种都让鼠心里泛起些许悲哀。见了几次之后，鼠估计她二十七岁，结果一岁不差。

她乳房不大，没有多余脂肪的苗条身段晒得甚是耐看，那晒法就像是在说原本没打算晒似的。高颧骨和薄嘴唇显示出其良好的教养和刚强的个性，但牵动全身的细微的表情变化却又表明她骨子里全无戒心的单纯。

她说她从美术大学毕业，在设计师事务所工作。出生地？不是这里。大学毕业后来这里的。每星期去一次游泳池，星期天晚上乘电车去学中提琴。

两人每星期六晚上见一次。星期天鼠空落落地度过一天，她拉莫扎特。

7

感冒休息三天，工作堆成了山。口中“沙啦沙啦”作响，全身像给砂纸打磨过。小册子、文件、薄本书、杂志如蚁冢一般高高堆在我桌子周围。合伙人进来向我咕咕哝哝地说了句大约是注意休息的话，说完折回自己房间。管杂务的女孩按常规在桌上放下热咖啡和两个羊角面包，转身不见了。我忘了买烟，跟合伙人讨了一包“七星”，掐掉过滤嘴，在另一头点燃吸起来。天空灰蒙蒙地阴了，分不清截止哪里是空气、哪里开始是云层。四下散发出拼命焚烧湿落叶的气味儿。或者是自己发烧的关系也未可知。

我做了个深呼吸，之后开始捅最前面的蚁冢。全部盖有“特急”橡胶印，下端用毡头笔标明期限。所幸“特急”蚁冢只此一堆。更庆幸的是没有要两三天内赶出来的，期限均为一两周。看来若把一半交给译初稿的临时工，还是完全应付得来的。我一册册拿在手上，按处理顺序重新堆放。结果蚁冢较刚才不稳定得多，形状像是报纸整版刊登的性别年龄内阁支持率图表。不仅形状，内容搭配本身也足以令人欢欣鼓舞。

① 查尔斯 · 兰金著

· 《科学疑问箱》动物篇

· P68 “猫为什么洗脸？” 至 P89 “熊如何捕鱼？”

· 10 月 12 日前完成

② 美国护理协会编

· 《与绝症患者的谈话》

· 共 16 页

· 10 月 19 日前完成

③ 弗兰克 · 迪西特 · 乔尼亚著

· 《作家病历》第三章 “患花粉过敏症的作家们”

· 共 23 页

· 10 月 23 日前完成

④ 鲁涅 · 克列克著

· 《意大利的草帽》(英语版，剧本)

· 共 39 页

· 10 月 26 日前完成

万分遗憾的是没写委托人姓名。猜不出是何人出于何种原因求译如此篇章的（且为特急）。大概熊正站在河边衷心盼望我赶快译完，也可能守护绝症患者的护士正不声不响地一等再等。

我把单爪洗脸的猫照片扔在桌上不理，只管喝茶，吃了一个羊角面包。面包竟有一股黏土状纸浆味儿。吃罢，脑袋多少清醒过来，但手指尖脚趾尖仍有发烧造成的酸麻感。我从桌子抽屉里取出登山刀，充分投入时间一丝不苟地削了六支 F 铅笔，之后不紧不慢地动手翻译。

我边译边用盒式磁带听斯坦 · 盖茨，如此译到中午。斯坦 · 盖茨、阿尔 · 黑格、吉米 · 雷尼、丁狄 · 柯蒂克、泰尼 ·

坎恩，乐队登峰造极。我随着磁带用口哨全部吹了一遍盖茨的独奏曲《跳吧，随着交响乐》，吹完心情畅快多了。

午休时我下楼出门，顺下坡路走了五分钟，在人多拥挤的餐馆吃了炸鱼，在汉堡包台前接连喝了两杯橙汁，然后顺路走进宠物店，从玻璃缝探进手指，同阿比西尼亚猫玩了十分钟。一如往常的午休。

返回房间，在时针指向一点之前心不在焉地看了一会儿晨报，为下午重新削好六支铅笔，一一掐掉所剩“七星”烟的过滤嘴，在桌面上排开。女孩端来热乎乎的日本茶。

“心情如何？”

“不坏。”

“翻译呢？”

“更妙。”

天空又沉沉地阴了下来，那灰色比上午似乎还浓了些。从窗口伸出脖子，有一丝下雨的预感。几只秋鸟横空飞过。都市特有的沉闷的声响（地铁声、烤汉堡包声、高速公路汽车声、自动门开合声，如此无数声响的组合）笼罩四周。

我关好窗，一边用盒式磁带听查利 · 帕克的《正合其意》，一边翻译下一项："候鸟什么时候睡觉？"

四时结束工作，把一天译好的原稿递给女孩，走出事务所。没带伞，遂穿上一直放在这里的薄雨衣。在车站买份晚报，登上拥挤的电车晃了一个小时。电车里都有雨味儿，却一滴也没下。

在车站前超市快买完东西的时候，雨下了起来。雨细小得难以看清，但脚下人行道一点点变成了雨淋的灰色。我确认了公交车时间，走进旁边一家饮食店喝咖啡。店很挤，这回才真真正正有了雨味儿，无论店里打工女孩的衬衫还是咖啡都漾出雨味儿。

暮色中，环绕公交车总站的街灯开始一盏一盏闪亮，其间有好几辆巴士如在溪流中上上下下的大马哈鱼一般开来开去，车上满满挤着工薪族、学生和主妇，分别消失在淡淡的夜色中。一个中年妇女牵一条黑黑的德国牧羊犬从窗外穿过。几个小学生边走边"砰砰"地在地面拍皮球。我熄掉第五支烟，咽下最后一口冰镇啤酒。

接下去，我定定地注视着映在窗玻璃上的自己的脸。由于发烧，眼睛约略下陷，由它去吧。傍晚五时半的胡须弄得脸有点儿发暗，也不管它了。问题是这根本不像我的脸，而是碰巧坐在通勤电车对面座位上的二十四岁男人的脸。无论我的脸还是我的心，都不过是对任何人都无意义可言的尸骸罢了。我的心同某人的心相擦而过。啊，我说。噢，对方应道。如此而已。谁也不举手。谁都不再回头。

假如我在两个耳孔插上栀子花并在两手的指头安上脚蹼，说不定会有几个人回头。但也不过尔尔。走上两三步就都忘个精光。他们的眼睛什么也没看，包括我的眼睛。我觉得自己彻底成了空壳，说不定再不可能给任何人以任何东西了。

* * *

双胞胎在等我。

我把超市的褐色纸袋递给其中一个，叼着烟进浴室淋浴。香皂也没打，一任喷头冲洗，茫然盯视瓷片墙壁。电灯没开，黑暗的浴室墙壁有什么往来彷徨，俄尔消失。影子。我不能触摸不能唤回的影子。

我就那样从浴室出来，用浴巾擦罢身体，歪倒在床上。珊瑚蓝床罩刚刚洗过晾干，一道褶也没有。我一边对着天花板吸烟，一边在脑海中推出一天发生的事。这时间里，双胞胎切菜、炒肉、煮饭。

“喝啤酒？”一个问我。

“啊。”

穿208衫的把啤酒和杯子拿到床前。

“音乐？”

“来点好。”

她从唱片架上抽出亨德尔的木箫奏鸣曲，置于唱盘，移下唱针。唱片是好几年前一个情人节女友送的。炒肉片的声音如通奏低音一般加进木箫声和中提琴声和羽管键琴声之间。我和我的女友有好几次在放这张唱片的时间里做爱。唱片放完、只有唱针唧唧吱吱转动之后，我们仍不声不响地久久抱在一起。

窗外，雨悄无声息地洒落在黑暗中的高尔夫球场上。当我喝完啤酒，汉斯马尔廷吹完F大调奏鸣曲最后一个音节的时候，饭做好了。晚饭桌上我们三人一反常态地寡言少语。唱片已经转完，除了雨打房檐声和三人嚼肉声以外，房间别无其他声响。吃罢饭，双胞胎收拾餐具，在厨房烧咖啡。三人又喝起热咖啡。咖啡像被赋予生命一般芳香扑鼻。一人起身放唱片。“甲壳虫”的《橡胶灵魂》。

“没买过这种唱片呀！”我惊叫。

“我们买的。”

“你给的钱一点点攒了起来。”

我摇头。

“讨厌‘甲壳虫’？”

我默然。

“遗憾呐，以为你喜欢呢。”

“对不起。”

一个站起撤下唱片，小心拂去灰尘塞进唱片套。三人陷入沉默。我叹息一声。

“不是那个意思。”我解释说，“只是有点累，心烦意乱的。再听一次。”

两人对视一笑。

“用不着客气，你的家嘛。”

“别介意我们。”

“再听一次好了！”

最终，我们边听《橡胶灵魂》——两面都听了——边喝咖啡。我的心情多少得以舒缓下来。双胞胎也喜滋滋的样子。

喝完咖啡，双胞胎量我的体温。两人左一次右一次瞧体温计。三十七度五，比早上高半度。脑袋昏昏沉沉。

“刚淋浴的关系。”

“躺下好了。”

言之有理。我脱去衣服，拿起《纯粹理性批判》和一盒烟钻进被窝。毛巾被有一点太阳味儿。康德依然那么出类拔萃，香烟却有一股用煤气炉点燃潮乎乎的报纸卷的味道。我合上书，漠然听着双胞胎的话声，听着听着，像被拖入黑暗似的闭起了眼睛。

8

灵园建在靠近山顶的一块宽宽大大的台地上，很有些面积。铺着细沙的甬道在墓间纵横交错，整齐修剪过的杜鹃花以吃草的羊的姿势点缀各处。俯视着这方宽阔的灵园用地的、如弹簧一般弯曲的许多根高个子水银灯列成一排，将白得有欠自然的白光投向任何一处。

鼠在灵园东南角树林里刹住车，搂着女子的肩头俯视眼下横亘的城区夜景。城区看上去仿佛是注入平板铸模的稠糊糊的光，又像是巨大的飞蛾洒下的金粉。

女子睡过去似的闭目靠着鼠。鼠的肩和侧腹承受着女子体重，觉得沉甸甸的。不可思议的重量。这是一个存在——一个爱男人、生小孩并将年老死去的存在的重量。鼠单手拿过香烟，点燃。来自海面的风不时吹上眼下的斜坡，摇响松林的针叶。女子可能真睡着了。鼠把手贴在女子脸颊，用一根手指碰了碰女子的薄嘴唇。可以感觉出她潮润润热乎乎的呼吸。

较之墓地，这灵园更像是废弃的街区。地一多半空着，因为预定在那里安息的人还活着。他们时不时在周日午后领家人前来确认自己将来长眠之所，从高台观望一番。唔，风景不错，四时花草一应俱全，空气清新，草坪修剪得整整齐齐，喷水管都不缺，没有等吃供品的野狗。尤其，他们想道，尤其难得的是阳光灿烂、情调健康。于是，他们心满意足，在长凳上吃罢盒饭，重返忙乱的日常安排中去。

一早一晚，管理人用头上安一块平板的长竿扫平沙道，把到灵园中央来逮池塘鲤鱼的儿童们撵回去。此外，一天三次（九时、十二时、六时）通过园内扩音器播放八音盒里的《老黑奴》。鼠弄不明白播放音乐有何意义。不过，傍晚六时的无人墓地里流淌《老黑奴》旋律倒也不失为一景。

六点半，管理员乘公交车返回人间。于是灵园笼罩在彻头彻尾的沉默之中。数对男女开车来此拥抱。每到夏天，树林里就排开好几辆展示如此光景的小汽车。

对鼠的青春来说，灵园也可谓深具意义的场所。在还不会开车的高中时代，鼠用250cc的摩托驮着女孩，不知沿河岸坡道往返了多少次，而且总是望着同一街区的灯火同她们抱在一起。种种清香缓缓飘过鼠的鼻端，消失远去。有多种多样的憧憬，有多种多样的愁苦，有多种多样的誓言，而最终无不烟消云散。

回首望去，广阔的灵园中，死植根于各自的地面。鼠时而拉起女孩的手，漫无目的地在故作庄重的灵园沙子路上走动。曾负有各所不一的姓名、年华以及各所不一的过往生涯的死，恰如植物园的灌木丛，以相等的间距无限铺展开去。它们没有随风摇曳的叶片低吟，没有清香，也没有理应伸向黑暗的触角，看上去仿佛是时光不再的树木。情思也好，作为其载体的语言也好，它们都已失去，而全部交付给继续生存的男女。两人折回树林，紧紧抱在一起。夹带海潮味的风，树叶的芬芳，草丛间的蟋蟀——唯独生生不息的世界的悲哀充溢四周。

“睡了好久？”女子问。

“不，”鼠说，“没多长时间。”

9

同一天的周而复始。若不在哪里留下折痕，说不定会产生错觉。

那一天也一整天荡漾着秋日气息。我按平日时间下班，回到宿舍。不料双胞胎不见了。我袜子也没脱就歪在床上，呆呆地吸烟。我试图思考很多很多事，但脑袋里一个都不成形。我叹口气，在床上坐起，久久盯视对面白色的墙壁，我不知做什么好。我对自己说不能永远盯视墙壁，但还是不成。毕业论文指导教授确实会说：行文不错，论点明确，但没有主题。我就是这样。时隔好久剩下自己一人，弄不清该如何把握自身。

莫名其妙。多少年来我都是一个人生活，不是过得蛮好嘛！却又想不起如何好法。二十四年——这并非短得可以转眼忘掉的岁月。感觉上就好像正找东西时忘了找什么一样。到底在找什么呢？螺丝锥、旧信、收据、掏耳勺？

我放弃思考，拿起枕边的康德著作时，书里掉出一个纸条，双胞胎的，写道去高尔夫球场玩耍。我担心起来。我对她们说过不跟我一块儿不要进球场。对不了解情况的人来说，傍晚的球场危险，不知什么时候会有球飞来。

我穿上网球鞋，把运动衫缠在脖子上，走出宿舍，翻过高尔夫球场铁丝网。我向前走去。走过徐缓的斜坡，走过十二号球区，走过休憩用的凉亭，走过树林。夕晖透过西边一大片树林的空隙，洒在草坪上。在靠近十号球区的呈哑铃形状的沙坑里，我发现了料想是双胞胎扔下的咖啡奶油饼干的空盒。我拾起团了团揣进衣袋，倒退着把三人留在沙地上的脚印抹平，然后走上小河上的小木桥，在山冈上坡那里瞧见了双胞胎。两人并排坐在山冈另一侧斜坡上的露天自动扶梯的中间，玩西式双六棋。

“我不是说过光两人来危险的吗？”

“晚霞太漂亮了么！”一个辩解道。

我们走下扶梯，在长满芒草的草地上弓身坐下，眺望鲜明亮丽的火烧云。的确漂亮得很。

“不要往沙坑里扔垃圾哟！”我说。

“对不起。”两人道。

“过去，在沙坑里受过一次伤，念小学的时候。”我伸出左手食指给两人看，上面有约七毫米长的白线头样的细痕。“有人把打裂的破汽水瓶埋在沙子里。”

两人点点头。

“当然不会有人给饼干盒割破手。不过么，还是不要往沙坑里扔什么。沙坑是圣洁的。”

“明白了。”一个说。

“以后注意。”另一个说，“此外还受过伤？”

“那还用说！”我露出浑身伤痕给两人看。简直成了伤痕样品集。“首先是左眼，足球比赛时给球砸伤了，现在视网膜都有问题。其次是鼻梁，也是足球搞的，脑袋顶球时撞在对方牙齿上。下唇也缝了七针：骑自行车摔的，躲卡车没躲好。还有，牙齿也给人打断了……”

我们并排躺在凉丝丝的草上，耳听芒草穗随风摇曳的沙沙声。

天完全黑下来后我们才回宿舍吃饭。我在浴室泡着澡喝完一瓶啤酒的时候，三条马哈鱼烧好了。鱼旁放了罐头芦笋和大条水芹。马哈鱼的香味儿甚是撩人情怀，有如夏日的山阴道一般。

我们慢慢花时间吃个精光。盘子里只剩下马哈鱼的白刺，铅笔那么长的大条水芹也只剩一个硬头。两人马上洗碗，煮咖啡。

“谈一下配电盘吧，”我说，“心里总好像放不下。”

两人点点头。

“为什么快死了呢？”

“吸的东西太多了吧，肯定。”

“撑坏了。”

我左手拿咖啡杯，右手夹烟，沉思片刻。“怎么办好呢，你们看？”

两人对视摇头：

“怎么都办不好。”

“回到土里。”

“见过患败血症的猫？”

"没有。"我说。

"全身整个变硬，石头一样硬，一点一点变硬的。最后心脏停止跳动。"

我喟然叹息：

"不愿意它死去。"

"心情能理解。"一个说，"可你负担就太重了。"

说得实在轻松之至，就像在说今冬雪少别去滑雪了。我于是作罢，转而喝咖啡。

10

星期三。晚间九点上床，醒来十一点。往下却怎么也睡不着了。有什么在紧勒脑袋，活像戴了一顶小两号的帽子，令人心烦。鼠不再睡了，一身睡衣爬起，去厨房一口气喝了杯冷水。喝罢想那女子。站在窗前看灯塔的光，视线沿黑暗中的防波堤移行，望女子公寓所在的一带。他想那拍击夜幕的波涛声，想那叩击窗扇的沙尘声。但不管怎样想，他都一厘米也前进不得。于是一阵自我厌恶。

同女子幽会以来，鼠的生活变了，变为同一星期永无休止的周而复始。日期意识荡然无存。几月？大概十月吧，不清楚……星期六同女子相会，星期日至星期二这三天沉浸在其回忆里。星期四、星期五加上星期六半天用来制订周末计划。只有星期三无所事事，心神不定。前进不得，又后退不成。星期三……

怔怔吸了大约十分钟烟，鼠脱去睡衣，穿好防风夹克，下楼到地下停车场。半夜十二时过后的街上几乎空无人影，唯独街灯照着黑麻麻的人行道。杰氏酒吧的卷帘门早已落下，鼠抬起一半钻进身去，走下楼梯。

杰刚把洗过的一打毛巾晾在椅背上，正一个人坐在吧台里吸烟。

“光喝瓶啤酒可以么？”

“当然可以。”杰看上去情绪蛮好。

关门后的杰氏酒吧还是第一次来。仅吧台这里留着灯，其他都熄了。换气扇和空调机的声音也已消失。空气中唯有长年累月沁入地板和墙壁的气味微微荡漾。

鼠走进吧台，从冰箱里取出啤酒，倒进杯子。顾客座位上的空气似乎分若干层沉淀在黑暗之中，温吞吞、潮乎乎的。

“今天本打算不来了，”鼠解释道，“但醒了再睡不着，想喝啤酒想得不行。马上回去。”

杰在吧台上折起报纸，用手拍去掉在裤子上的烟灰。“慢慢喝好了。肚子饿了给你做点什么。”

"不，可以了。别介意。光啤酒就行。"

啤酒非常可口。鼠一口气喝干一杯，叹了口气。剩下的一半倒入杯中，静静注视着泡沫消敛。

"可以的话，一块儿喝点？"鼠询问。

杰不无困窘地笑笑："谢谢。我是滴酒不沾。"

"不知道啊。"

"生来就这种体质，喝不得酒。"

鼠点了几下头，默默地自斟自饮。他再次吃了一惊：关于这位中国店主，自己几乎一无所知。当然，任何人对杰都一无所知。杰这个人沉静得出奇，绝口不谈自己的事，有人问起也像开抽屉一样小心翼翼地道出绝不犯忌的答话。

杰是中国出生的中国人这点，固然尽人皆知，但在这座城市外国人并不怎么稀奇。鼠就读过的高中的足球队，前锋和后卫就各有一个中国人，谁都不以为意。

"没音乐寂寞吧？"说着，杰把投币点唱机的钥匙扔给鼠。

鼠选了五支曲，折回吧台，接着喝啤酒。音箱里淌出韦恩·牛顿的老曲子。

“不快点回家不要紧？”鼠这样向杰问道。

“无所谓。又不是有人等着。”

“一个人生活？”

“嗯。”

鼠从衣袋里掏出香烟，拉直点燃。

“就一只猫。”杰孤零零地冒出一句，“一只老猫，不过陪我说话没问题。”

“能说话？”

杰点了几下头：“啊，相处久了，互相知道心思。我晓得猫的心思，猫也懂我的心思。”

鼠叼着烟发出赞叹。投币点唱机“咔嚓”一声，唱片换成了《麦克阿瑟公园》。

“我说，猫想的是什么？”

“五花八门，跟我和你一样。”

“怕也够累的。”鼠说着，笑了笑。

杰也笑了。隔了一会儿，用手指划了下台面。

“少了只手。”

“少只手？”鼠反问。

“猫爪。跛子！四年前的冬天，猫浑身是血地回来了。一只爪子像橘皮果脯似的完全没了形状，惨不忍睹。”

鼠把手里的杯子放在台面上，看着杰的脸道：

“怎么搞的？”

“弄不清。也曾猜想是给车轧的。可那也太厉害了。若是车轮轧的，不会那样。就好像给老虎钳子夹过似的，不折不扣的肉饼。也可能是谁恶作剧。”

“不至于吧。”鼠摇摇头，一副难以置信的样子。“有谁能打猫爪的主意呢……”

杰把无过滤嘴香烟在台面上磕了几下，衔在嘴里点上火。

“是啊，根本没必要糟蹋猫爪。猫老实得很，丁点儿坏事都没干过。再说糟蹋猫爪谁也占不到便宜。毫无意义，又残忍之极。不过嘛，世上还真有很多很多这种无端的恶意。我理解不了，你也理解不了，可就是存在，说四下里全是恐怕都不为过。”

鼠仍眼盯啤酒瓶，再次摇头：“我可是想不明白。”

“算了。若是想不明白也无妨，倒比什么都强。”

如此说罢，杰朝黑幽幽空荡荡的客席那边吹了口烟，目视白烟完全消失在空气里。

两人默然良久。鼠盯着啤酒杯怔怔沉思，杰依旧在台面上划动手指。投币点唱机开始播放最后一盘唱片：法尔赛特·鲍易斯甜腻腻的安魂曲。

"哎，杰，"鼠盯着杯子说，"我活了二十五年，觉得好像什么也没学到。"

杰许久没有应声，兀自看着自己的指尖，而后耸耸肩。

"我花了四十五年时间只明白了一点，那就是：人只要努力——无论在哪方面——肯定能有所得。哪怕再普通平凡的项目，只要努力必有所得。'即使剃头也有哲学'——在哪里读到过。事实上，若不那样谁都不可能活下去，不可能的。"

鼠点点头，喝干杯底剩的三厘米高的啤酒。唱片转完，唱机"咔嗒"一声，店里随即一片沉寂。

"我好像能明白你的意思。不过……"说到这里，鼠吞下了话头。说出口也无济于事。鼠微笑着站起，道声谢谢款待。

"用车送你回去吧！"

"不，不啦。家近，我又喜欢走路。"

"那，晚安。问候猫。"

“谢谢。”

爬上楼梯来到外面，但觉凉丝丝的秋意。鼠边走边拿拳头逐棵轻捶行道树。走到停车场，毫无目的地定定注视了一会停车计时表，然后钻进车去。略一迟疑，驱车朝海边驶去。驶上可以望见女子公寓的海滨公路后把车停住。公寓楼有一半窗口仍亮着灯。几幅窗帘里晃动着人影。

女子的房间黑着。床头灯也已熄了。大概已经入睡。光景甚是凄寂。

涛声似乎在一点点增大，感觉上就像即将越过防波堤，连车带鼠一起冲往遥远的什么地方。鼠打开车内广播，一边听音乐节目主持人的无聊调侃，一边放下座席靠背，双手叉在脑后闭起眼睛。身体筋疲力尽，致使无可言喻的种种情感没有找到归宿便杳然消失。鼠舒了口气，放下空空如也的脑袋，半听不听地听着已混进涛声的音乐节目主持人的话语。睡意姗姗而至。

11

星期四早上，双胞胎把我叫醒，比往常提早约十五分钟。但我没有理会，用热水刮须，喝咖啡，看早报——报纸的油墨真像要黏乎乎地沾在手上，直看遍边边角角。

“求你件事。”双胞胎中的一个说。

“星期天能借辆车来？”另一个说。

“能吧。”我说，“不过要去哪里？”

“水库。”

“水库？”

两人一齐点头。

“去水库干什么？”

“葬礼。”

“谁的？”

"配电盘的啊。"

"倒也是。"说罢，我继续看报。

不巧，星期天一早就下起了毛毛细雨，下个不停。当然，我无由知晓什么天气适合配电盘的葬礼，双胞胎对雨只字不提，我便也闷头不语。

星期六晚上我从合伙人那里借来天蓝色"大众"。他问是不是有了女人，我支吾了一声。"大众"后座到处是大约他儿子粘的奶油巧克力糖的遗痕，俨然枪战留下的血污。车内音响用的盒式音乐磁带没一盒像样的，单程跑了一个半小时我们就不再听音乐了，只管默默驱车前进。一路上，雨有规律地一会大，一会小；一会小，一会大。催人打哈欠的雨。柏油路上，唯有汽车高速擦过时的"咻咻"声单调地响个不止。

双胞胎一人坐在助手席，另一人怀抱购物袋里的配电盘和热水瓶坐在后排。两人神色肃然，正是葬礼表情。我效之仿之。甚至中途休息吃烤玉米时我们都绷着脸。只有玉米粒脱离玉米棒时的"嚓嚓"声扰乱寂静。我们把啃得一粒不剩的三支玉米棒留在身后，再度驱车疾驰。

这一带狗多得不得了，简直如水族馆里的鲕鱼群，在雨中没头没脑地窜来窜去，弄得我必须一个劲儿按响喇叭，而它们则一副对雨对车兴味索然的神气，并且大部分都对喇叭声显出露骨的不耐烦，不过还是灵巧地躲开了。当然雨是躲不开的。狗们连屁股眼都淋得一塌糊涂，看上去，有的像巴尔扎克小说里的水獭，有的像冥思苦想的僧侣。

双胞胎之一让我叼住烟，给我点上，并用小手心在我棉布裤的内侧上下抚摸几次。较之爱抚，更像是要确认什么。

雨看样子要永远持续下去。十月的雨总是如此下法，非连续下到将一切都淋透不可。地面已经湿漉漉的了。树木、高速公路、农田、汽车、房屋、狗——大凡一切都吸足雨水，整个世界充满无可救药的阴冷。

沿山路爬行了一会，穿过一片茂密的树林，来到水库跟前。由于下雨，四周一个人也没有。广阔的水面触目皆是下泻的雨丝。水库遭雨淋的光景比想象中的凄惨得多。我们在水库岸边停住车，坐在车中喝热水瓶里的咖啡，吃双胞胎买的小甜饼干。饼干分咖啡、奶油和蜂蜜味儿三种。为了一视同仁，我三种都吃，且平均地吃。

这段时间里，雨仍往水库不停地洒泻。雨下得很静很静，音量也就是把细细撕开的报纸屑撒在厚地毯上的那个程度。勒鲁什的电影中常下的雨。

吃罢饼干，各自喝完两杯咖啡后，我们不约而同地拍打膝盖。谁都没开口。

“好了，该做事了。”双胞胎中的一个说。

另一个点点头。

我熄掉烟。

我们伞也没打，就朝尽头处探向水库一侧的桥头走去。水库是人们为截断河流建造的，水面弯得不自然，样子就像要冲洗山腰似的。根据水的色调，可以感觉出水深得令人怵然。雨在水面上溅起细微的波纹。

双胞胎之一从纸袋取出那个配电盘递给我。配电盘在雨中显得比平时饥寒交迫。

“说一句祷词。”

“祷词？”我一声惊叫。

“葬礼嘛，要祈祷的。”

“没想到。”我说，“现成的一句也没有。”

“什么都行。”

“无非形式。”

我冒着从头顶淋到脚趾尖的雨，搜索合适的词句。双胞胎神色不安地交替看着我和配电盘。

“哲学的义务，”我搬出康德，“在于消除因误解产生的幻想……配电盘哟，在水库底安息吧！”

“扔！”

“扔？”

“配电盘啊。”

我猛劲儿向后抡起右臂，以四十五度角拼尽全力扔出配电盘。配电盘在雨中划出动人的弧形，打在水面上。波纹缓缓地漂漾开来，荡到我们脚下。

“好精彩的祷词。”

“你想出来的？”

“当然。”我说。

三人淋成了落水狗，靠在一起久久地注视水库。

“多深？”一个问。

“深得吓人。”我回答。

“有鱼？”另一个问。

“凡水必有鱼。”

从远处看我们，我们肯定像一座造型不俗的纪念碑。

12

那个星期四的早上，自入秋以来我第一次穿上了毛衣。普普通通的灰色“赛特兰”毛衣，腋窝开线了，但穿起来挺舒服。我比往常略为用心地刮了胡须，穿上厚些的布裤，又拉出旧得发黑的沙漠靴登上。鞋看上去竟像蹲在脚前的一对狗崽。双胞胎满房间翻来翻去，找出我的香烟、打火机、钱夹和月票递过来。

在事务所的桌前坐定，边喝女孩斟的咖啡边削六支铅笔。房间里到处都是铅笔芯味儿和毛衣味儿。

午休时在外面吃完饭，再次逗阿比西尼亚猫玩。从橱窗玻璃一厘米左右的缝隙伸入小指尖，两只猫马上扑过来咬我的指头。

这天宠物商店的店员让我抱了猫。摸起来手感像在摸高档开司米羊毛衫。猫把凉津津的鼻尖触在我嘴唇上。

“非常愿意和人亲近。”店员介绍说。

我道过谢，把猫放回橱窗，买了盒派不上用场的猫食，店员整齐地包好递给我。我夹起猫食包走出宠物店时，两只猫像注视一片残梦似的定定地看我。

回到事务所，女孩为我拍去毛衣上沾的猫毛。

“逗猫玩来着。”我随口解释说。

“腋窝开线了。”

“知道，去年就那样。抢现金押运车时给后视镜刮的。”

“脱下。”她并无兴致似的说道。

我脱下毛衣，她在椅旁架起长腿，开始用黑线缝腋窝。这段时间里我折回桌前，削罢午后用的铅笔，投入工作。不管谁说什么，在工作方面我这人却是无可挑剔的。我的做法是：从良心上尽最大努力在规定时间内做好规定的工作。若在奥斯威辛[1]，我肯定大受赏识。问题是，我想，问题是适合我的场所无不落后于时代。我想这是奈何不得的。不必追溯到什么奥斯

---

① Auschwitz，波兰南部的工业城市。二战期间德国法西斯曾在此设立大量关押、残害犹太人的集中营。

威辛和双座鱼雷攻击机。没有人再穿什么迷你裙，让·保罗和詹姆斯·迪思也不再听了。最后一次看穿连袜健美裤的女孩是什么时候来着？

时针指在三点，女孩照例把热日本茶和三块糕点端到桌上。毛衣也灵巧地缝好了。

“嗯，跟你商量点事儿可好？”

“请。”说着，我吃了块糕点。

“十一月旅行的事，”她说，“北海道怎么样？”

我们三人总是在十一月旅行。

“不坏。”我说。

“那就定了。没有熊？”

“有没有呢？”我说，“该冬眠了吧。”

她放心似的点了下头：“对了，陪我吃晚饭好么？附近有一家餐馆，虾蛮够味儿的。”

“好好。”我应道。

餐馆位于幽静的住宅街的正中，从事务所搭出租车只要五分钟。刚一落座，一身黑服的男侍悄无声息地踩着椰树纤维地毯走过来，放下两块爬水板般大小的菜谱。我要了两瓶饭前啤酒。

“这儿的虾特好吃，活着煮的。”

我喝着啤酒“嗬”了一声。

女孩用纤纤手指摆弄了好一会脖子上挂的星形项链坠儿。

“有话想说，最好饭前说完。”话一出口我就后悔不该如此说话。总是这样。

她微微一笑。由于懒得把约四分之一厘米的微笑退回去，微笑便在嘴角逗留下来。店里空得很，连虾抖动胡须的声音都似乎听得到。

“现在的工作，中意？”她问。

“怎么说呢，对工作从没有这样考虑过。不满倒是没有。”

“我也没有不满。”这么说着，她啜了口啤酒，“工资不错，你们两人又和蔼，休假也享受得到……”

我沉默不语。已经许久没认真听人说话了。

“可我才二十岁啊，”她继续道，“不想就这样到此为止。”

上菜的时间里，我们的谈话中断了。

“你是还年轻，”我说，“往下要恋爱，要结婚，人生一天一个花样。”

“哪会有什么花样。”她用刀和叉灵巧地剥着虾壳，自言自语似的说道，“没有人喜欢我的。我这辈子也就缝缝毛衣、做个破玩艺儿逮蟑螂罢了。”

我喟叹一声，觉得陡然老了好几岁。

“你可爱、有魅力、腿又长，脑袋也够灵，虾壳都剥得精彩——肯定一帆风顺。”

她全然不声不响，闷头吃虾。我也吃虾，边吃边想水底的配电盘。

“你二十岁时做什么来着？”

“追女孩啊！”一九六九年，风华正茂的岁月。

“和她怎么样了？”

“分手了。”

“幸福？”

“从远处看，”我边吞虾边说，“大多数东西都美丽动人。”

我们进入尾声的时候，店里开始一点点进人，刀叉声椅子吱扭声此起彼伏。我点了咖啡，她点了咖啡和柠檬蛋奶酥。

“现在怎么过？有恋人？”她问。

我思忖片刻，决定把双胞胎除外。

“没有。”我说。

“不寂寞？”

“习惯了，通过训练。”

“什么训练？”

我点一支烟，把烟朝她头上五十厘米高处吹去：“我是在神奇的星辰下出生的。就是说，想得到的东西——不论什么——肯定到手。但每当把什么弄到手时，都踩坏了别的什么。可明白？”

“一点点。”

“谁都不信。但真是这样。三年前我就意识到了，并且这样想：再不想得到什么了。”

她摇头说：“那么，打算一生都这样过？”

“有可能。不给任何人添麻烦。”

“果真那么想的话，”她说，“活在鞋箱里最好。”

高见。

我们往车站并肩前行。由于穿了毛衣，晚间挺让人惬意的。

“OK，努力就是。”她说。

“没帮上什么忙。”

“谈谈心里就踏实多了。”

我们从同一月台乘上方向相反的电车。

“真不寂寞？”最后她又问了一次。

我正找词回答，车进站了。

13

某一天有什么俘虏我们的心。无所谓什么，什么都可以。玫瑰花蕾、丢失的帽子、儿时中意的毛衣、金·皮多尼的旧唱片……全是早已失去归宿的无谓之物的堆砌。那个什么在我们心中彷徨两三天，而后返回原处……黑暗。我们的心被掘出好几口井。井口有鸟掠过。

那年秋天一个星期天黄昏俘虏我的心的，其实是弹子球。我和双胞胎一同去高尔夫球场八号洞区的草坪上观看火烧云。八号洞区是理想的打五杆长的长洞区，一无坡二无障碍，唯独小学走廊一般平坦的草地径直铺展开去。七号洞区有住在附近的学生学吹长笛。在撕心裂肺般的双高八度音阶练习的伴奏声中，夕阳在丘陵间即将沉下半边。就在那一瞬间，不知为什么，弹子球俘虏了我的心。

不仅如此，随着时间的推移，弹子球的形象在我心目中急速膨胀开来。一闭上眼睛，缓冲器击球的声音、记分屏蹦出数字的声音便在耳畔响起。

* * *

一九七〇年，正是我和鼠在杰氏酒吧大喝啤酒的时期。那时我绝不是个执著的弹子球玩家。杰氏酒吧里的弹子球机在当时是一台罕见的三蹼（3 flipper）标准机，称之为“宇宙飞船”。球区分上下两部分，上部有一蹼，下部有两蹼。那是固体电路给弹子球世界带来通货膨胀之前那段和平时光的标准机。鼠疯狂地迷上弹子球的时候，曾和弹子球机一起照了张相来纪念 92 500 分这一他的最佳战绩。鼠面带微笑靠在弹子球机旁边，机也面带微笑，上面弹出 92 500 这组数字。这是我用柯达袖珍相机拍摄的唯一温馨的照片。看上去鼠俨然二战中的空战英雄，而弹子球机像是一架老式战机——地勤人员用手转动螺旋桨，起飞后飞行员“啪”一声拉合防风窗的那种劳什子。92 500这组数字将鼠和弹子球机结合在一起，酿出妙不可言的融洽气氛。

弹子球公司的收款员兼维修员每星期来一次杰氏酒吧。此人三十上下，异常瘦削，几乎不同任何人搭话。进店看也不看杰一眼，直奔弹子球机，用钥匙打开机台下的盖子，让零币哗哗啦啦淌进帆布囊。之后拿起一枚硬币，投进机内做性能检查，确认两三下活塞弹簧，漫不经心地弹了弹球。继而把球击在缓冲器上检验磁石，让球通过所有的球道，击落所有的球靶。再检查曲靶、开球孔、巡回靶，最后打开奖分灯，这才露出如释重负的神情，让球落进外球道，鸣金收兵。随后向杰点下头——像是在说毫无问题——走出门去。所花时间也就半支烟工夫。

我忘了磕烟灰，鼠忘了喝啤酒，两人总是这么目瞪口呆地注视着这华丽的技术表演。

“像梦一样。”鼠说，“他那技术，十五万分不在话下，二十万都有可能。”

“那自然，专门干这行的嘛。”我安慰鼠。

然而鼠那空战英雄的自豪仍未失而复得。

“同他比，我这两下子也就握了下女人小指那个程度。”说罢，鼠不再吭声。鼠梦寐以求的就是记分屏上的数字超过六位。

“那是工作。”我继续相劝，“起初可能有趣，但从早到晚尽干那个，谁都要生厌的。”

“哪里，”鼠摇头，“我就不至于。”

14

杰氏酒吧坐满了顾客，已经许久没这么热闹过了。差不多全是没见过的新客，但客人总是客人，杰当然不至于不快。冰锥破冰块的声音，咯喳咯喳摇晃加冰威士忌杯的声音，笑声，投币点唱机里杰克逊五人组的歌声，如漫画书上对话泡泡圈那样飘上天花板的白烟——好一个盛夏再来一般的酒吧之夜。

尽管这样，鼠看上去仍像出了什么毛病。他一个人孤零零坐在吧台一端，把一直翻开的一本书的同一页反复看了几遍，这才作罢合上。看那样子，可能的话，他很想喝干最后一口啤酒回去睡觉。如果真能睡着的话……

那一星期时间，鼠同任何开心事都毫不沾边。睡觉睡睡醒醒，啤酒，烟，一切昏天黑地。冲刷过山坡的雨水冲进河流，进而把海水染上斑驳的褐色和灰色。讨厌的景观。脑袋里简直就像塞了一团旧报纸。睡眠既浅又短，同牙科医院暖气过热的候诊室里的瞌睡无异，每有人开门便醒来，并且看表。

一星期过得一半，鼠喝着威士忌做出一个决定：暂且冻结一切思考。他让思维的每一道空隙都结上一层厚得足以走过白熊的厚冰。他估计这回可以熬过本星期的下一半了，于是睡了。然而醒来时仍一切照旧，不外乎头有点痛。

鼠怅怅地看着摆在眼前的六只空啤酒瓶。从其空隙可以看见杰的背影。

也许正值退潮时分，鼠想。初次在此喝啤酒是十八岁。数千瓶啤酒，数千包炸薯片，数千张投币点唱机的唱片。一切都像拍打舢板的波浪一样来而复去，去而复来。啤酒我不是已经喝了个够么？当然，三十瓶也罢四十瓶也罢，啤酒任凭多少都能喝。不过，他想，不过在**这里**喝的啤酒是另一回事……二十五岁之于急流勇退，是个不坏的年龄。就乖觉之人来说，正是大学毕业当银行信贷员的年龄。

鼠往空瓶队列里又加了一瓶。杯子满得险些溢出，他一口气喝去一半，条件反射地用手背擦一下嘴，又把弄湿的手在布裤屁股上抹了一把。

喂，想想看。鼠自言自语。别躲闪，想想，二十五岁……该想点事的年龄了。这可是两个十二岁男孩加在一起的年龄哟！你有那样的价值么？没有，一人份儿的都没有，连空泡菜瓶里的蚁巢那点儿价值都没有……算了吧，无聊的隐喻！完全无济于事！想想看，你是哪里出了问题的。想出来呀！……鬼晓得怎么回事！

鼠不再想，喝干剩下的啤酒，旋即扬手让再来一瓶。

“今天喝多了哟！”杰说。但还是在他面前放上了第八瓶啤酒。

头有点痛。身体随波逐流似的上上下下。眼窝深处有酸懒感。吐啊，脑袋里发出声音，快吐，吐完慢慢想！快，起来到卫生间去！……不行，一垒都走不到……然而鼠还是挺胸走到卫生间，打开门，赶走对着镜子重描眼线的年轻女郎，朝马桶弓下身去。

多少年没吐了？吐法都忘掉了。要脱裤子？……开哪家混账玩笑！默默地吐，胃液都吐净！

胃液都吐净之后，鼠坐在马桶上吸烟。吸完用香皂洗脸洗手，对着镜子用湿手理齐头发。脸色是有点过于阴沉，但鼻子下巴的形状还过得去。给公立中学的女教师看中都有可能。

离开卫生间，走到眼线只描了一半的女郎座位前郑重道歉。之后折回吧台，把啤酒倒进杯子喝去一半，又把杰给的冰水一饮而尽。他摇了两三下头，给烟点上火。这时脑袋的机能开始正常运转。

好了，这回好了！鼠说出声来。夜长着呢，慢慢想！

15

我真正陷入弹子球这个可诅咒的世界是在一九七〇年冬天。那半年感觉上我是在黑洞中度过的。我在草原正中挖一个大小同自身尺寸相适的洞，整个人钻进洞去，塞起耳朵不听任何声响。什么都引不起我半点兴致。傍晚时分，我醒来穿上风衣，在娱乐厅的一个角落消磨时间。

好容易找到一台同杰氏酒吧里的三蹼“宇宙飞船”一模一样的机子。我投进硬币。一按开机钮，机器便浑身发抖似的发出一连串声响，升起十个弹靶，熄掉奖分灯，把记分退为六个“0”，向球道弹出第一个球。无数硬币被弹子球机吞进肚去。恰好一个月后，在那个冷雨飘零的初冬傍晚，我的得分像热气球甩掉最后一个沙袋一样超过了六位数。

我把颤抖的手指揪也似的从操纵钮上移下，背靠着墙，一边喝冰冷的易拉罐啤酒，一边目不转睛地久久注视记分屏上出现的105 220这六位数字。

我同弹子球机短暂的蜜月就这样开始了。在大学校园里我几乎不露面，打工钱大半投进了弹子球机，跳击、顺击、拦击、停击等大多数技巧也学得出神入化。后来，我打时背后总有人观战了，一个涂口红的女高中生还把软乎乎的乳房压在我胳膊上。

得分超过十五万时，真正的冬天来临了。在人影稀疏的冷飕飕的娱乐厅里，我裹上加厚风衣，把长围巾一直围到耳朵，继续守着弹子球机鏖战。偶尔觑一眼卫生间的镜子，发现自己的脸形销骨立，皮肤粗糙不堪。每打完三局，我就靠墙休息，哆哆嗦嗦喝啤酒。最后一口啤酒老是有一股铅味儿。香烟头扔得脚下到处都是，衣袋里塞着“热狗”，饿时啃上一口。

她出类拔萃。三蹼“宇宙飞船”……只有我理解她，唯独她理解我。我每次按下开机钮，她都以不无快感的声音在记分屏上弹出六个“0”，随即冲我微笑。我把活塞拉到精确得毫厘不爽的位置，将银光闪闪的球从球道弹向球区。球在她的球区急速转动的时间里，我的心就好像吸了优质大麻一样彻底舒展开来。

各种各样的意念在我脑海里杂乱无章地时而浮现时而消失，形形色色的人影在罩住球区的玻璃屏上时而消失时而浮现。玻璃屏像映出梦境的双层镜子一样照出我的心，使其随着缓冲器和奖分灯的光点闪闪烁烁。

不是你的责任，她说，并摇了好几下头。根本不怪你，你不也是尽最大努力了么！

不然，我说。左蹼、连续进球孔、九号球道。不对。我一无所能。手指一根未动，但想做还是做得到的。

人能做到的事非常有限，她说。

或许，我说，可什么都没结束，肯定永远如此。回球道、阻击、开球孔、反弹、六号靶……奖分灯，121 150。结束了，全部结束了，她说。

* * *

转年二月，她消失了。娱乐厅拆毁一空，下个月变成二十四小时营业的甜甜圈专卖店。身穿窗帘布一般的制服的女孩用花纹相同的盘子端着干巴巴的炸面圈走来蹿去。摩托车排在店外的高中生、夜勤司机、不合时令的嬉皮士和酒吧女郎们以千篇一律的无奈表情啜着咖啡。我要了味道糟得可怕的咖啡和肉桂炸面圈，问女侍应生知不知晓娱乐厅。

对方以不无狐疑的眼神看我，就像看一个掉在地上的炸面圈。

“娱乐厅？”

“前不久在这里来着。”

“不晓得。”她想睡觉似的摇头。

一个月前的事都无人记得，这个城市！

我心情抑郁地在街头转个不停。三蹼“宇宙飞船”，无人知其去向。

这么着，我终止了弹子球游戏。时候一到，任何人都得洗手上岸，别无他路。

16

连绵数日的雨在星期五晚上突然停了。从窗口下望，大街小巷吸够了雨水，吸得全身浮肿。夕阳把开始出现断层的云变成不可思议的颜色，而其返照又把房间也染成同一色调。

鼠在T恤外面套一件防风夹克，走上街头。柏油路上到处是静止的水洼，黑亮亮地无限伸展开去。街上一股雨后黄昏的气息。河边一排松树浑身湿淋淋的，细小的水珠从绿叶尖滴落下来，变成褐色的雨水涌进河流，顺着水泥河床向大海滑去。

黄昏倏忽过去，满含湿气的夜幕压向四周。而湿气转眼间又变成了雾。

鼠把臂肘探出车窗，沿街慢慢兜风。白雾沿着山脚坡路向西飘移。鼠最后沿河边下到海滨。他把车停在防波堤旁，放倒车座靠背吸烟。沙滩也好护岸水泥预制块也好防沙林也好，一切都湿得黑乎乎的。女子房间的百页窗透出温馨的黄光。看表，七时十五分，正是人们吃罢晚饭溶入各自房间的温煦的时分。

鼠双手抱在脑后，闭上眼睛，竭力回想女子房间的情形。仅去过两回，记不确切。一开门是六张榻榻米大的餐室兼厨房……橙黄色桌布，盆栽赏叶植物，椅子四把，橙汁，餐桌上的报纸，不锈钢茶壶……一切井然有序，了无污痕。里面是拆除两个小房间的隔墙形成的一个大房间。铺着玻璃板的狭长写字台。台上……特大号瓷啤酒杯三个，里面一个挨一个插着各种铅笔、尺、制图笔。文具盘里有橡皮擦、镇纸、修正液、旧收据、透明胶带、五颜六色的曲别针，还有铅笔刨、邮票。

写字台横头有用了许久的制图板、长臂灯。灯罩的颜色……是绿的。靠墙一张床，北欧风格的小白木床。两人上去，会发出公园小艇般的吱扭声。

雾越往后越浓。乳白色的夜霭在海边悠悠游移。路的前方不时有黄色的雾灯驶近，减速从鼠的车旁开过。从车窗涌进的细细的水滴打湿了车中所有物件。车座、车前玻璃、防风夹克、衣袋里的香烟，大凡一切。海湾里停泊的货轮雾笛，发出离群牛犊般尖刺刺的鸣叫。雾笛长短交替的音阶穿过夜幕，向山那边飞去。

左边墙壁呢，鼠继续想，有书架、小型音响组合机、唱片，还有立柜、两幅本·沙恩[1]复制画。书架上没有像样的书。基本是建筑专业的，此外就是旅行方面的：导游手册、游记、地图。还有若干册畅销小说、莫扎特的传记、乐谱、几本辞典……法语辞典的扉页上写有一句什么表彰的话。唱片差不多都是巴赫和海顿和莫扎特。另有几张带有少女时代的梦痕……帕特·布恩、博比·达林、五黑宝。

鼠的回想至此卡住。缺少了什么，而且是关键的，以致整个房间失去了现实感，在空中飘飘忽忽。什么来着？OK，等等，这就想起。房间的灯和……地毯。灯什么样式？地毯什么颜色？……无论如何也想不起来。

鼠涌起一股冲动，恨不得推开车门，穿过防沙林敲她的房门以确认灯和地毯的颜色。荒唐！鼠重新靠回座席背，转而望海。除了白雾，黑暗暗的海面一无所见。远处灯塔的橙色光芒

---

① 美国知名画家、图案设计师（1898—1969）。作品于哀愁中含有社会批判意味。

执著地闪烁不已，如心脏的跳动。

她那失去天花板和地板的房间隐约浮现在黑暗中。过了好一会，细小部位逐渐淡出，最后全部消遁。

鼠仰头向上，缓缓闭合眼睛，所有的灯光如被关掉一般从他脑海中熄灭，把他的心掩埋在新的黑暗之中。

17

三蹀“宇宙飞船”……她在某处连连呼唤我，日复一日。

我以惊人的速度向堆积如山的待译件发起总攻。不吃午饭，也不逗阿比西尼亚猫，跟谁也不开口。管杂务的女孩不时来看望一眼，又愕然摇头离去。两点，我处理完一天分量的工作，把原稿往女孩桌上一扔，马上跑出事务所。我转遍东京城所有的娱乐厅寻找三蹀“宇宙飞船”，但一无所获。没人看过没人听说过。

“四蹀‘地下探险’不行？刚刚进来的哟！”一个娱乐厅老板说。

“不行，抱歉。”

他显得有点失望。

“三蹀左撇子的也有，一人包打就能出来奖分球的。”

“对不起，只对‘宇宙飞船’有兴趣。”

但他还是热情地告诉了我他所认识的一个弹子球爱好者的名字和电话号码。

“这个人有可能知道一点你找的那台机。是个产品目录爱好者，对机型怕是最熟悉了。人倒是有一点儿古怪。”

“谢谢。”

“不客气，但愿能找到。”

我走进静悄悄的咖啡馆，拨转号码盘。铃响五遍，一个男子接起。他声音沉静，身后传来 NHK① 七点新闻和婴儿的动静。

“想就一台弹子球机请教一下。”我报出姓名后这样开口道。

电话另一头沉默片刻。

“什么样的机型？”男子问。电视音量低了下来。

“三蹼‘宇宙飞船’。”

① 日本广播协会。

男子沉思似的“噢”一声。

“机身画有行星和宇宙飞船……”

“我很清楚，”他打断我的话，清了清嗓子，用俨然刚从研究生院毕业的讲师般的腔调说道，“芝加哥的吉尔巴特父子一九六八年出品。以惨遭厄运而小有名气。”

“厄运？”

“怎样，”他说，“见面再说不好么？”

我们约定明天傍晚见。

* * *

我们交换名片后，朝女侍应生要了咖啡。令我十分惊讶的是，他还真是大学讲师。年纪三十过不了几岁，而头发已开始变稀。身体给太阳晒黑了，甚是健壮。

“在大学教西班牙语，”他说，“往沙漠里洒水那样的活计。”

我钦佩地点点头。

“你的翻译事务所不搞西班牙语？”

"我搞英语，另一人搞法语，已经手忙脚乱了。"

"遗憾。"他抱着双臂说。不过看样子并不怎么遗憾。他摆弄了一会领带结。"西班牙去过？"他问。

"没有，遗憾。"我说。

咖啡端来，关于西班牙就此打住。我们在沉默中喝咖啡。

"吉尔巴特父子公司是一家后发展起来的弹子球机制造厂。"他突然开口了，"第二次世界大战以后至朝鲜战争之前，主要生产轰炸机的投弹装置。以朝鲜停战为契机，转而开拓新的领域。弹子球机、bingo 机①、自动赌博机、投币点唱机、爆玉米花机、自动售货机……即所谓和平产业。首台弹子球机是一九五二年完成的。不赖，结结实实，价格也便宜，但缺乏娱乐性。借用《弹子球》杂志上的评语，就是'如苏联陆军女兵部队的官方配给乳罩般的弹子球机'。当然，作为生意是成功的。向墨西哥等中南美国家出口。那些国家没有专业技术人员。所以较之机械性能复杂的，还是少有故障结实耐用的受欢迎。"

---

① 一种室内游戏机。盘面有许多方格，将球投入格内，之后合计投中数字与手中牌上的数字。

喝水的时间里，他沉默不语。看样子，他为没有放幻灯用的幕布和长教鞭而感到十分遗憾。

“问题是——如您所知——美国、也就是世界上的弹子球产业处于由四家企业垄断的状态。戈德利普、巴里、芝加哥制币、威廉姆斯，也就是所谓四巨头吧。而这时吉尔巴特突然冲杀进来。激战持续了大约五年。在一九五七年，吉尔巴特撤退不再搞弹子球机。”

“撤退？”

他点头喝了口似乎并不想喝的咖啡，用手帕一再擦拭嘴角。

“嗯，败下阵来。当然，公司本身是赚了一把，通过向中南美出口赚的。所以撤退，是因为不想让伤口开得太大……总之，制造弹子球机需要极其复杂的专门技术，需要许多名经验丰富的专业技术人员，需要统领他们的策划者，需要覆盖全国的营销网。还需要贮存常备零件的代理商，需要任何地点的弹子球机出故障时都能在五小时内赶去排除的维修工。遗憾的是，新加盟的吉尔巴特公司不具备这样的实力。于是他们含泪撤军，其后大约七年时间里继续制造自动售货机和克莱斯勒汽车的自动雨刷。但他们根本没有对弹子球机死心。”

说到这里，他缄口打住，从上衣袋取出香烟，在桌面上橐橐地磕齐，用打火机点燃。

“是没有死心，他们有他们的自尊。这回在秘密工厂研制。他们把四巨头的退休人员悄悄拉来成立了课题组，给予巨额研究经费，并下达这样一道命令：五年内造出不次于四巨头任何产品的弹子球机！那是一九五九年的事。公司方面也有效利用了这五年的时间。他们利用其他产品，建立了从温哥华到怀基基的完整的营销网。至此一切准备就绪。

“卷土重来的第一台机按计划在一九六四年推出，这就是‘巨浪’。”

他从皮包里取出黑色剪贴夹，打开递给我。上面有大约从杂志上剪下的“巨浪”整机图，有球区图，有外观设计图，甚至指令卡都贴了上去。

“这台机的确别具一格，史无前例的妙笔无所不在。仅以连环模式为例，‘巨浪’采用的模式来自其独有技术。这台机受到了欢迎。

“当然，吉尔巴特公司这一千奇百怪的手法在今天是不足为奇的，但在当时绝对令人耳目一新，而且制作得非常精心。首先是结实。四巨头的使用年限大约为三年，而它是五年。第二是投机性的淡化，而以技巧为主……那以后，吉尔巴特公司按此思路生产了几种名机。‘东方快车’、‘空中导航’、‘横渡美洲’……无不受到爱好者的高度评价。‘宇宙飞船’成了他们的最后机型。

“‘宇宙飞船’同前四种大异其趣。前四种以追求新奇为能事，而‘宇宙飞船’极其正统而简便。采用的无一不是四巨头已经采用的机械装置。正因如此，可以说反倒成了极具挑战性的机型。确有这个自信。”

他像给学生讲课似的娓娓而谈。我一边频频点头，一边喝咖啡。咖啡喝完了喝水，水喝完了吸烟。

“‘宇宙飞船’的确匪夷所思，乍看并无优势可言，可是操作起来却有与众不同之处。球蹼相同，球道相同，但就是有什么与其他机不同。而那个什么如毒品一般把人吸住不放。至于为什么却无由得知……我所以说‘宇宙飞船’惨遭厄运，其中有两个原因。一是它的超卓不凡没有为人们所理解，及至人们终于理解了又为时已晚；二是公司倒闭了。制作得太用心了。吉尔巴特公司被多元化大型联合企业兼并了。总部说不需要弹子球机部门，如此而已。‘宇宙飞船’一共生产了一千五百余台，故而如今成了可望不可及的名机。美国‘宇宙飞船’收藏家的交易价已达两千美元，但估计从未成交。”

“为什么？”

“因为无人脱手。谁也不肯放手。不可思议的机型。”

说罢，他习惯性地觑一眼手表，吸烟。我要了第二杯咖啡。

“日本进口了几台？”

“调查了，三台。”

“够少的。”

他点点头：“因为日本没有吉尔巴特公司产品的经销渠道。一家进口代理店尝试性地进口了一点，于是有了这三台。想再追加时，吉尔巴特父子公司已不复存在了。”

“这三台的去向可晓得？”

他搅拌了几下咖啡杯里的砂糖，“咯吱咯吱”搔了搔耳垂。

“一台进入新宿一家小娱乐厅。前年冬天娱乐厅倒闭，下落不明。”

“这我知道。”

“另一台进了涩谷一家娱乐厅，去年春天失火烧了。当然，因为买了火灾保险，谁也没受损失，无非一台‘宇宙飞船’从这世上消失罢了……如此看来，只能说是惨遭厄运。”

“就像马耳他的鹰。”我说。

他点头：“可是，最后一台的下落我不清楚。”

我把杰氏酒吧的地址和电话号码告诉他。“不过现在没有了，去年夏天处理掉了。”我说。

他不胜怜惜地记在手册上。

“我感兴趣的是新宿那台。”我说，“弄不清去向？”

“可能性有几种，最一般的可能性是废弃了。机器的周转期非常之快，通常三年就折旧。与其花钱修理，还不如更新省钱。当然也有流行问题。所以要废弃……第二种可能性是作为二手货上市交易。型号虽老但仍可利用的那类机往往流入哪里的餐饮酒吧，在那里陪伴醉酒者和生手终了此生。第三——此情况非常罕见——也可能由收藏家买去了。不过百分之八十的可能性是废弃。”

我把没点火的烟夹在指间，黯然沉思。

“关于最后一种可能性，你能进行调查吗？”

“试试是可以的，但难度很大。收藏家之间几乎没有横向联系，没有花名册没有会刊……不过试试好了，我本人对‘宇宙飞船’多少有些兴致。”

“谢谢。”

他把背沉进深凹的圈椅里，吐了口烟。

“对了，你的‘宇宙飞船’最佳战绩？”

“十六万五千。”我说。

“厉害，”他不动声色地说，“非比一般。”说着，又搔了下耳垂。

18

此后一周时间，我是在平稳与静谧——平稳与静谧得近乎奇妙——当中度过的。虽然弹子球的声音仍多少在耳畔回响，但病态呻吟——那如同落在冬日向阳地方的蜜蜂的嗡嗡声的病态呻吟——已杳然消失。秋意一天浓似一天，高尔夫球场周围的杂木林把干枯的叶片叠在地面。郊外徐缓的丘陵到处在焚烧落叶，升起的细烟如魔术绳一般笔直地指向天空，这从宿舍窗口也看得很清楚。

双胞胎一点点变得沉默、变得温柔起来。我们散步、喝咖啡、听唱片、在毛巾被里抱在一起睡觉。周日我们花一小时走到植物园，在柞树林里吃香菇菠菜三明治。黑尾巴野鸟在树梢上很响亮地叫个不停。

空气逐渐变凉。我给两人买了两件新运动衫，连同我的旧毛衣一起送给她们。这样，两人不再是 208 和 209，而变为橄榄绿圆领羊毛衫和浅驼色对襟羊毛衫。两人都无怨言。此外又给她们买来袜子和新的轻便运动鞋。我觉得自己像是成了长腿叔叔[①]。

十月的雨真是令人叫绝。针一样细、棉一般软的雨浇注在开始枯黄的高尔夫球场草坪上，没有形成水洼，而由大地慢悠悠地吮吸进去。雨过天晴的杂木林荡漾着潮湿落叶的气息，几道夕晖射进林中，在地面上描绘出斑驳的花纹。林间小道上，几只鸟儿奔跑一样穿过。

事务所里的每一天也大同小异。工作高峰已过，我用盒式磁带一边听比克斯 · 贝德贝克、伍迪 · 赫尔曼、巴尼 · 贝利根等人的老爵士乐，吸烟，一边悠然自得地干着活儿。每隔一小时喝一次威士忌，吃一次糕点。

唯独女孩似乎很匆忙地在查看时刻表、预订飞机票和旅馆，还补了我两件毛衣，重钉了轻便西服上的金属扣。她改变

---

① 美国女作家简 · 韦伯斯特同名小说中的主人公，喜欢照顾女孩子。

了发型，口红改涂淡粉色，穿一件可以明显看出胸部隆起的薄毛衣。并且完全融入秋天的空气中。

一切都像要使其姿影永驻。痛快淋漓的一星期。

19

很难向杰开口说离开这座城市。不知为什么，总之就是非常难以启齿。酒吧连去三天，三天都没顺利说出口。每次想说，嗓子都干得沙沙作响，只好喝啤酒。而一喝就连喝下去，一股恼人的瘫软感俘虏了鼠。他觉得无论怎么挣扎都寸步难行。

时针指在十二点时，鼠放弃了努力，不无释然地站起身，像往常一样向杰道声晚安离去。夜风已彻底变凉。回到宿舍，坐在床上呆呆地看电视，又拉开易拉罐啤酒，点一支烟。荧屏上是旧西部片、罗伯特·泰勒、广告、天气预报、广告、白色噪音……鼠关掉电视，淋浴。之后又开一罐啤酒，又点一支烟。

至于离开后去哪里，鼠不知道。好像无处可去。

有生以来第一次从心底涌起恐惧，黑亮黑亮的地底虫般的恐惧。它们没有眼睛，没有悲悯，企图将鼠拖入它们栖居的地底层。鼠全身上下都有它们的滑溜感。他拉开一罐啤酒。

三四天时间里，鼠的房间扔得到处都是空啤酒罐和香烟头。他很想见那女子，想用整个身体感受女子肌肤的温暖，想进入她体内永不出来。但他无法重回女子住处。不是你自己把桥烧掉的吗，鼠想，不是你自己砌了墙又将自己关入其中的吗？

鼠眼望灯塔。天光破晓，海面开始呈银灰色。及至鲜明的晨光像抽掉桌布一样驱走黑暗的时候，鼠上床歪倒，带着无处可去的苦恼进入梦乡。

＊ ＊ ＊

鼠离开这座城市的决心，是花了很长时间经过各种各样的角度探讨才得出的结论，曾一度坚不可摧固不可破。他觉得哪里都好像没有空隙。他擦燃火柴，把桥烧掉。这样，让他挂念的东西也消失了。城里也许残留着一点自己的身影，但谁也不会注意。城市在变，身影不久也将归于消失……一切都像在勇往直前。

杰……

鼠不明白为什么杰的存在会扰乱自己的心。我要离去了，多保重——本来这样打声招呼就完事了。何况完全互不了解。萍水相逢，擦肩而过，如此而已。然而鼠的心在作痛。他仰面躺在床上，几次在空气中举起紧攥的拳头。

* * *

鼠向上推起杰氏酒吧的卷帘门，已是星期一的后半夜了。杰一如往常坐在熄掉一半照明的店堂的桌旁，懒懒地吸烟。见鼠进来，他略略一笑，点了下头。暗幽幽的灯光下，杰看上去格外苍老，黑胡须如阴翳布满脸颊和下颏，双眼下陷，窄小的嘴唇干得出了裂纹，脖颈的血管历历可见，指尖沁有黄尼古丁。

“累了吧？”鼠问。

“有点儿。”杰说。沉默片刻，又说，“这样的时候也是有的，无论是谁。”

鼠点头拉过一把椅，在杰对面坐下。

“有一首歌说，雨天和星期一，人人心里都阴暗。”

“一点不错。”杰定定地注视着自己夹烟的手指说。

“早些回家睡吧！”

“不，不用。”杰摇摇头，摇得很慢，像在赶蚊虫。“反正回家也很难睡得着。”

鼠条件反射地看一眼手表：十二时二十分。时间似乎在阒无声息的地下昏暗中彻底断了气。落下卷帘门的酒吧中不再有他多年来一直寻求的光耀，一丝都没有。看上去一切都黯然失色，一切都疲惫不堪。

“给我杯可乐好么？”杰说，“你喝啤酒好了。”

鼠站起身，从电冰箱里取出啤酒和可乐，连杯子拿到桌上。

“音乐？”杰问。

“算啦，今天什么声响都不要。”鼠道。

“像葬礼。”

鼠笑了，两人不声不响地自管喝可乐、喝啤酒。鼠放在桌上的手表开始发出大得有些造作的走针声。十二时三十五分。所过时间竟好像极其漫长。杰几乎纹丝不动。鼠静静地看着杰的烟在玻璃烟灰缸中一直烧到过滤嘴，化为灰烬。

“为什么那么累？”鼠问。

“为什么呢……”说着，杰突然记起似的架起腿，“原因么，肯定没任何原因。”

鼠喝去杯中大约一半啤酒，叹了口气，把杯放回桌上。

“我说杰，人都要腐烂，是吧？”

“是啊。”

“烂法有许许多多。”鼠下意识地把手背贴在嘴唇，“但对于一个一个的个人来说，可选择的数量却好像非常有限。至多……两三个。”

“或许。”

泡沫出尽的剩啤酒如水洼一般沉在杯底。鼠从衣袋里掏出瘪了的烟盒，将最后一支衔在嘴上。“可我开始觉得怎么都无所谓了。总之是要腐烂，对吧？”

杰斜拿着可乐杯，默默地听鼠讲话。

“不过人还是不断变化的。至于这变化有什么意义，我始终揣度不出。”鼠咬住嘴唇，望着桌面沉思，“并且这样想：任何进步任何变化终归都不过是崩毁的过程罢了。不对？”

“对吧。”

“所以对那些兴高采烈朝‘无’奔跑的家伙，我是半点好感都没有，没办法有……包括对这个城市。”

杰不语，鼠也不语。他拿起桌上的火柴，慢慢让火烧到火柴杆，点燃烟。

“问题是，”杰说，“你自身将要变。是吧？”

“确实。”

静得不能再静的几秒钟流过，大约十秒吧。杰开口道：

“人这东西，天生笨得出奇，比你想的笨得多。”

鼠将瓶里剩的啤酒倒进杯子，一气喝干。“犹豫不决啊！”

杰点几下头。

“很难下决心。”

“感觉出来了。”如此说罢，杰说累了似的现出微笑。

鼠慢慢站起，把烟和打火机揣进衣袋。时针已指过一点。

“晚安。”鼠说。

“晚安。”杰说，“对了，有谁这么说过：慢走路，多喝水。”

鼠向杰一笑，开门，上楼。街灯明晃晃地照出空无人影的大街。鼠弓腰坐在铁路护栏上，仰望夜空，心里想：到底喝多少水才算够呢?

20

西班牙语讲师打来电话，是在十一月连休刚结束的星期三。快午休时，合伙人去了银行，我在事务所的餐厨两用房间里吃女孩做的意大利面条。意面多煮了两分钟，又没用罗勒①调味，而是用切细的紫苏撒在上面，但味道不坏。正当我们讨论意大利面做法时，电话铃响了。女孩接起，说了两三句，耸耸肩把听筒递给我。

"'宇宙飞船'的事，"他说，"去向弄清楚了。"

"哪里？"

"电话里不好说。"他说。

双方沉默片刻。

"您的意思是？"我问。

"就是：电话中说不明白。"

“就是说不如一见喽？”

“不，”他嗫嚅道，“即使摆在您眼前，也说不明白。”

我一下子上不来词，等他继续下文。

“不是故弄玄虚，也不是开玩笑，反正想面谈。”

“好的。”

“今天五点可以吗？”

“可以。”我说，“不过能玩么？”

“当然能。”他说。

我道谢放下电话，接着吃面条。

“要去哪儿？”

“打弹子球去。去哪不知道。”

“弹子球？”

“嗯，用球蹼弹球……”

“晓得。可干吗打什么弹子球……”

“这——这个世上有许许多多以我辈的哲学无法推测的东西。”

---

① 一种有薄荷味的香辛调味。

她在桌上手托下巴思索。

“弹子球打得很好？”

“以前。是我唯一能怀有自豪的领域。”

“我却什么都没有。”

“也就无所谓失。”

她再度沉思。我吃最后一部分面条，吃罢从电冰箱里拿出姜汁清凉饮料喝着。

“迟早要失去的东西没多大意义。必失之物的荣光并非真正的荣光。”

“谁的话？”

“谁的话忘了，不过所言不差。”

“世上有不失去的东西？”

“相信有，你也最好相信。”

“努力就是。”

“我也许过于乐观，但不怎么傻。”

“知道。”

“非我自吹，这比相反情况好得多。”

她点点头：“那么，今晚是要去打弹子球啰？”

“嗯。”

“举起双手。”

我朝天花板举起双手。她仔细检查了腋窝。

“OK，去好了。”

* * *

我和西班牙语讲师在上次那家咖啡馆碰头后，马上钻进出租车。顺明治大街一直走，他说。出租车起跑后，他掏香烟点燃，也给我一支。他身穿灰西服，扎一条有三道斜纹的蓝色领带。衬衣也是蓝色，比领带略浅。我则灰毛衣蓝牛仔裤加一双旧得发黑的沙漠靴。活活一个被叫到教导处的差生。

出租车穿过早稻田大街的时候，司机问还往前吗？讲师告以目白大街。出租车前行不久，驶入目白大街。

“相当远吧？”我问。

“相当之远。”他说着，找第二支烟。我用视线跟踪了一会窗外闪过的商业街景。

“找得够辛苦的了。”他说，“第一步是逐个查询收藏者名录。问了二十人左右——不仅东京，全国都问了。但收获是零。任何人知道的情况都没超过我们。第二步是问做旧机器生意的人。人数不多。只是，查阅品种目录花了不少精力，数字太大了。”

我点点头，看他给烟点火。

“但知道时间这一点很有帮助——是一九七一年二月间的事。请人家查了：是有吉尔巴特父子、‘宇宙飞船’、序列号165029。一九七一年二月三日废弃处理。”

“废弃处理？”

“废品。就像《金手指》里的那玩艺儿。压成方形回炉，或沉到港湾里去。”

“可是你……”

“啊，请听下去。我灰心丧气，向对方道谢回家。可心里总有什么放不下，类似直感的感觉告诉我：不对，不是那样的。第二天我再次跑到旧机器商那里，去了废铁仓库，看了三十来分钟拆废作业，然后进办公室摸出名片——大学讲师这名片对不知底细的人多少有些作用。”

他说话的速度比上次略快。不知何故，这点使我有点不快。

"我这样说道：正在写一本小书，为此想了解一下废品处置的情况。

"对方提供了方便，但对于一九七一年二月的那台弹子球机一无所知。理所当然。两年半的事了，又没有一一核查，收来咣当一放，就算完事。我又问了一点：假如我想要那里堆放的洗衣机或摩托车的车体之类的东西并付相应款额，那么可不可以转让，他说没问题。我又问这种情况此外有过没有。"

秋日的黄昏很快过去了，夜色开始笼罩路面，车眼看要进入郊外。

"他说如想了解详情，请问二楼负责管理的人。于是我上二楼问一九七一年前后有没有人买过弹子球机，负责管理的人说有。我问是怎样一个人，对方告诉了我电话号码。情况像是那个人求他一有弹子球机进来就打电话告知——有点走火入魔了。我就问那个人买了几台弹子球机，他想了想说：看来看去最后有时买下、有时也不买，记不确切。我说大致数字即可，他告诉说不下五十台。"

"五十台！"我叫道。

"这样，"他说，"我们就要拜访那个人。"

21

四下彻底黑尽。并且不是单一的黑，而是像涂黄油一样把各种颜色厚厚地涂上去的那种黑。

我脸贴出租车窗玻璃，静静地注视着这样的黑暗。黑暗呈平面，平展得不可思议，仿佛用快刀将不具实体的物质一片片薄薄切开的切面。奇妙的远近感统治着黑暗。巨大的夜鸟展开双翅，轮廓分明地挡在我们面前。

房舍越走越稀，后来只剩下如地底轰鸣般涌起几万只秋虫的鸣声的草原和树林。云层如岩石沉沉低垂，地面上的一切无不耸肩缩首似的在黑暗中屏息敛气。唯独秋虫遮蔽地表。

我和西班牙语讲师再不做声，只是一支接一支吸烟。出租车司机也紧盯着路上的车前灯光吸烟。我下意识地用指尖“啪啪”叩击膝盖，并且不时涌起一股冲动，很想推开车门一逃了之。

配电盘、沙坑、水库，高尔夫球场、毛衣破绽，加上弹子球机……到底去哪里才好呢？我怀抱一堆乱了顺序的卡片，一筹莫展。我恨不得立即返回宿舍，一头钻进浴室，而后喝啤酒，拿着香烟和康德缩进温暖的被窝。

我何苦在黑暗中疲于奔命呢？五十台弹子球机，简直荒唐透顶。梦，虚无缥缈的梦。

尽管如此，三蹼“宇宙飞船”仍在不停地呼唤我。

* * *

西班牙语讲师让车停下的地方是离道路五百米开外的一片空地的正中。空地很平，及踝软草如浅滩一样无边无际。我下了车，伸腰做了个深呼吸。一股养鸡场味儿。纵目四望，了无灯火，唯独路灯依稀照出其四周一小块景物。无数的虫鸣声包围着我们。简直像被人从脚下拖进了什么地方。

好一阵子我们默不作声，让眼睛习惯黑暗。

“这里还是东京吗？”我这样问道。

"当然。看起来不像？"

"像世界尽头。"

西班牙语讲师以一本正经的表情点了下头，没有应声。我们嗅着草香和鸡粪味儿吸烟。烟悠悠低回，作狼烟状。

"那里有铁丝网。"他练习射击似的笔直伸出胳膊，指着黑暗的纵深处。

我凝眸细看，认出铁丝网样的东西。

"请沿铁丝网直行三百米左右，尽头有座仓库。"

"仓库？"

他并不看我，兀自点头道："嗯，大仓库，一眼即可看出。以前是养鸡场的冷库，早已不用了。养鸡场倒闭了。"

"可是有鸡味儿。"我说。

"味儿？……啊，沁到地里去了嘛。雨天更厉害。扑棱棱的振翅声都好像听得到。"

铁丝网里边简直伸手不见五指，黑得可怖。连虫鸣都像要窒息似的。

"仓库门一直开着。仓库主人给打开的。你要找的那台机就在里边。"

“你进去了？”

“一次……获准进去的。”他叼着烟点点头，橘红色的火在黑暗中闪烁，“进门右侧就有电灯开关。注意阶梯。”

“你不去？”

“你一个人去。这样讲定的。”

“讲定？”

他把烟头扔在脚下的草丛里，小心踩灭：“是的。说想待多久就待多久，离去时把灯关上。”

空气一点点凉下来。泥土特有的凉气拥裹了我们。

“见到仓库主人了？”

“见到了。”少顷，他回答道。

“怎样一个人物？”

讲师耸耸肩，从衣袋里掏出手帕擤了下鼻子：“也没什么特征，至少没有显眼的特征。”

“干吗收藏弹子球机达五十台之多呢？”

“这个嘛，大千世界无奇不有，如此而已，对吧？”

我觉得并非如此而已，但还是向讲师道了谢，离开他独自沿养鸡场铁丝网前行。并非如此而已。收藏五十台弹子球机同收藏五十张标签情况有所不同。

仓库看上去俨然蹲着的动物，周围草长得很高，密密麻麻的，拔地而起的墙壁上一扇窗也没有。死气沉沉的建筑。对开的铁门上写着大约是养鸡场的名称，字迹是厚厚地压了一层的白漆。

我从相距十步远的地方抬头看一会这座建筑。无论怎么想都上不来好念头。我不再想，走到入口，推开冰凉冰凉的铁门。门无声地开了，另一种类的黑暗在我眼前张开。

22

我摸黑按了下贴墙的开关，隔了数秒，天花板上的荧光灯“咔咔”地交相闪烁，白光顿时弥漫仓库。荧光灯总共约有一百盏。仓库比外面看时感觉宽敞得多，但更可观的还是灯的数量，晃得我闭上眼睛。稍后睁开时，黑暗早已消失，只留下沉寂和清冷。

仓库看上去确像冷库的内部，考虑到建筑物的本来用途，也可说是理所当然的。一扇窗也没有的墙壁和天花板涂着有浮光的白色涂料，但已布满污痕，有黄色的有黑色的，及其他莫名其妙的颜色。一看就知墙壁厚得非同一般。我觉得自己简直像被塞进了铅箱，一种可能永远出不去的恐怖钳住了我，使我一再回头看身后的门。料想再不会有第二座如此令人生厌的建筑物。

极其好意地看来，未尝不可看成象的墓场，只是没有四肢蜷曲的象的白骨。目力所及，唯见弹子球机齐刷刷地排列在水泥地板上。我立于阶梯，凝然俯视这异乎寻常的场景，手下意识地摸向嘴角，又放回衣袋。

数量惊人的弹子球机。准确数字是七十八台。我花上时间清点了好几遍。七十八，没错。弹子球机以同一朝向编成八列纵队，一直排到仓库尽头墙壁。简直像用粉笔在地板上画过线似的，队列整齐得分厘不差。四下里所有物体全都一声不响，一动不动，恰如琥珀里的苍蝇。七十八个死和七十八个沉默。我条件反射地动了下身体，若不动，觉得自己都有可能被编进这兽头排水口的阵列中。

冷。果真有冻鸡味儿。

我缓缓走下狭窄的五阶水泥楼梯，楼梯下更冷，却有汗冒出。讨厌的汗。我从衣袋里掏出手帕揩汗。唯独腋下的汗奈何不得。我坐在楼梯最下一阶，用颤抖的手吸烟……三蹀“宇宙飞船”——我不愿意这副样子见她。作为她也是如此……想必。

关上门后，虫鸣一声不闻。无懈可击的沉寂如滞重的浓雾积淀于地表。七十八台弹子球机将三百一十二只脚牢牢地支在地上，静静地承受别无归宿的重量。凄凉的场景。

我坐着吹起口哨，吹了《跳吧，随着交响乐》的开头四小节。那般悦耳动听的口哨声回荡在无遮无拦空空荡荡的冷库中。我心情有所好转，接着吹下面四小节。又吹了四小节。似乎所有东西都在侧耳倾听。当然谁也不摇头晃脑，谁也不按拍跺脚。但我的口哨声还是被整个仓库——包括边边角角——吸进去消失了。

“好冷！”吹了一通口哨，我嘟囔道。回声听上去根本不像自己的话声。那声音撞上天花板，又雾一样旋转着落回地面。我叼着烟叹了口气。总不能永远坐在这里唱独角戏。一动不动，便觉寒气同鸡肉味儿一起沁入五脏六腑。我站起身，用手拍掉裤子沾的冷土，抬脚踩灭烟头，投进白铁皮罐。

弹子球……弹子球。来此不就是为这个么？寒冷简直像要冻僵我的思维。想想看！弹子球机，七十八台弹子球机……OK，找开关！建筑物的某个位置应该有让七十八台弹子球机起死回生的电源开关……找开关，快找！

我双手插进牛仔裤袋，沿墙慢慢走动。呆板板的混凝土墙上到处垂着象征冷库时代的断头配线和铅管。各种器械、仪表、连接盒、开关，就像被大力士强行扭掉一样留下一个个空洞。墙壁比离远着看时滑溜得多，仿佛给巨大的蛞蝓爬过。这么实际走起来，建筑物真是大得很，作为养鸡场冷库未免大得反常。

我下罢楼梯，正对面又是一座同样的楼梯，爬上楼梯有同样的铁门，什么都一模一样，我差点以为自己转一周转回了原处。我试着用手推门，门纹丝不动。没有门闩没有门锁，但就像用什么封住了似的岿然不动。我把手从门扇收回，下意识地用手心抹脸上的汗。一股鸡味儿。

开关在此门旁边。拉杆式大开关。一推，宛如从地底涌起一般的低吼声顿时传遍四周。令人脊梁骨发冷的声响。随即，数万只鸟一齐展翅般的“啪嗒啪嗒”声响起。回头看去，但见七十八台弹子球机吸足电流，发出弹击声向记分屏弹出数千个“0”，弹击声止息后，剩下的唯有类似蜂群嗡嗡声的沉闷的电流声。仓库里充满着七十八台弹子球机短暂的生机。每台机的球区都闪烁着形形色色的原色光芒，板面上描绘出各自淋漓畅快的梦境。

我走下楼梯，像阅兵一般在七十八台弹子球机中间缓缓移步。有几台仅在照片上见过，有几台在娱乐厅见过，令人发怀旧幽情。也有的早已消隐在时间长河中，不为任何人所记忆。威廉姆斯的“友谊 7”，板面上的宇航员名字是什么？格列？……六十年代初。巴里的“大沙皇”、蓝天、埃菲尔铁塔、快乐的美国游客……戈德利普的“国王与皇后”，有八条螺旋上升球道的名机。仁丹胡子刮得潇洒有致而神情淡漠的西部赌徒，袜带里藏的黑桃王牌……

盖世英雄、怪兽、校园女郎、足球、火箭、女人……全部是光线幽暗的娱乐厅中千篇一律的褪色朽梦。各种各样的英雄和女郎从板面上朝我微笑致意。金发女郎、金银发各半女郎、浅黑发女郎、红发女郎、黑发墨西哥女郎、马尾辫女郎、长发及腰的夏威夷女郎、安·玛格莉特、奥黛丽·赫本、玛丽莲·梦露……没有一个不洋洋得意地挺起勾人魂魄的乳房——有的从衣扣解到腰间的薄质短衫里，有的从上下相连的游泳衣下，有的从尖尖突起的乳罩底端……她们永远保持着乳房的形状，而色调却已褪去。指示灯像追随心脏跳动似的一闪一灭。七十八台弹子球机，一座往日旧梦——旧得无从记起——的墓场。

我在她们身旁缓缓穿行。

三蹼“宇宙飞船”在队列的大后方等我。她夹在浓妆艳抹的同伴中间，显得甚是文静，好像坐在森林深处的石板上等我临近。我站在她面前，细看那梦绕魂萦的板面。黛蓝色的宇宙，如深蓝墨水泼洒的一般。上面是点点银星。土星、火星、金星……最前面飘浮着纯白色的“宇宙飞船”。船舱里闪出灯光，灯光下大约正是一家团圆的美好时刻。另有几道流星划破黑暗。

球区也一如往日。相同的黛蓝色。球靶雪白，如微笑时闪露的牙齿。呈星形叠积的十个柠檬黄色奖分灯一上一下缓缓移动。两个重开洞是土星和火星，路标是金星……一切安然静谧。

你好，我说……不，也许我没说。总之我把手放在她球区的玻璃罩上。玻璃冷冰冰的，我的手温留下白蒙蒙的十个指印。她终于睡醒似的朝我微笑。令人想起往日时光的微笑。我也微笑。

好像许久没见了，她说。

我做沉思状屈指计算，三年了！转瞬之间。

我们双双点头，沉默有顷。若在咖啡馆里，该是啜一口咖啡，或用手指摆弄花边窗帘的时候。

常想你来着，我说。心情于是一落千丈。

睡不着觉的夜晚?

是的，睡不着觉的夜晚，我重复道。她始终面带微笑。

不冷? 她问。

冷啊，冷得要命。

最好别待太久，对你肯定过于冷了。

好像，我说。随即用微微发抖的手掏出香烟，点上火，深吸一口。

弹子球不打了? 她问。

不打了，我回答。

为什么?

165 000 是我最佳战绩，记得?

记得，也是**我**的最佳战绩嘛。

不想玷污它，我说。

她默然。唯有十个奖分灯慢慢上下，闪烁不止。我望着脚下吸烟。

为什么来这儿?

你呼唤的嘛。

呼唤?她现出一丝困惑,旋即害羞似的莞尔一笑。是啊,或许是的,或许呼唤你来着。

找得我好苦。

谢谢,她说,讲点什么。

很多东西面目全非了,我说,你原先住的娱乐厅后来成了二十四小时营业的甜甜圈专卖店,咖啡难喝得要死。

就那么难喝?

过去迪士尼动物电影上快死的斑马喝的正是那种颜色的泥水。

她哧哧地笑。笑脸真是灿烂。倒是座讨厌的城市啊,她神情认真地说,一切粗糙不堪,脏乱不堪……

就那么个时代啊。

她连连点头。你现在干什么?

翻译。

小说?

哪里,我说,全是泡沫,白天的泡沫夜晚的泡沫。把一条脏水沟的水移到另一条里罢了。

没意思?

怎么说呢，没考虑过。

女孩呢?

也许你不信：眼下跟双胞胎过日子。做的咖啡是非常够味。

她妩媚地一笑，眼睛朝上看了一会儿。有点不可思议啊，好像什么都没实际发生过。

不，实际发生了。只是又消失了。

不好受?

哪里，我摇摇头，来自“无”的东西又各归原位，如此而已。

我们再度陷入沉默。我们共同拥有的仅仅是很早很早以前死去的时间的残片，但至今仍有些许温馨的回忆如远古的光照在我心中往来彷徨。往下，死将俘获我并将我重新投入“无”的熔炉中，而我将同古老的光照一起穿过被其投入之前的短暂时刻。

你该走了，她说。

的确，寒气已升到难以忍耐的程度。我打了个寒战，踩熄烟头。

谢谢你来见我，她说，可能再也见不到了，多保重。

谢谢，我说，再见！

我走过弹子球机队列，走上楼梯，拉下拉杆开关。弹子球机电源如漏气一般倏忽消失，完全彻底的沉寂与睡眠压向四周。我再次穿过库房，走上楼梯，按下电灯开关，反手关上门——在这段时间里，我没有回头，一次也没回。

* * *

拦出租车赶回宿舍已经快半夜了。双胞胎正在床上做一本周刊上的拼字游戏。我脸色铁青，浑身一股冻鸡味儿。我把身上的衣服一古脑塞进洗衣机，转身泡进放满热水的浴缸里。为恢复正常意识，我泡了三十分钟，然而沁入骨髓的寒气还是没有驱掉。

双胞胎从壁柜里拉出煤气取暖炉，点上火。过了十五六分钟，寒战止住了。我嘘了口气，热一罐洋葱罐头汤喝了。

“不要紧了。”我说。

“真的？”

“还挺凉的。”双胞胎抓着我的手腕，担心地说。

“很快暖过来的。”

之后，我们钻进被窝，把拼字游戏图拼上最后两块。一块是**“虹鳟”**，一块是**“甬路”**。身体很快暖和过来，我们几乎同时坠入沉沉的梦乡。

我梦见托洛茨基和四头驯鹿。四头驯鹿全都穿着毛线袜。冷得出奇的梦。

23

鼠已不再同女子相会，也不望她房间的灯了，甚至窗前都不再靠近。他心中的什么在黑暗中游移了一段时间，而后消失，犹如蜡烛吹灭后升起的一丝白烟。继之而来的是沉默。沉默。一层层剥去外皮后到底有什么剩下，这点鼠也不知道。自豪？……他躺在床上反复看自己的手。若没有自豪，人大约活不下去。但若仅仅这样，人生未免过于黯淡，黯淡之至。

同女子分手很简单，某个周五晚上不再打电话给她即可。也许她等电话等到半夜，想到这点鼠很不好受。几次朝电话机伸出手，又都忍住没打。他戴上耳机，调高音量听唱片。他知道女方不会打电话过来，但还是不愿意听见电话铃响。

等到十二点她会死心的吧。之后他洗脸刷牙，上床躺倒，暗想明天早上肯定有电话打过来，便熄灯睡觉。结果周六早上电话也没响。她打开窗，做早餐，给盆栽植物浇水，然后等到偏午。这回恐怕真的死心了，随即笑笑——那种像是对着镜子边梳头边练习几次的笑。结局理应如此，他想。

鼠在百页窗帘拉得严严实实的房间里，眼望墙上的电子挂钟过了这许多时间。房间空气凝然不动。虚浅的睡眠几次滑过他的身体。时针已毫无意义。无非黑之浓淡的几度反复罢了。鼠静静地忍耐着自己的肉体一点点失去实体，失去重量，失去感觉。他想，自己如此经过了多少小时、到底多少小时了呢？眼前的白墙随着他的呼吸而徐徐摇晃。空间有了某种密度，开始侵蚀他的肢体。鼠测定这已是自己忍耐力的临界点，遂翻身下床，洗澡，在神志朦胧中刮须，然后擦干身体，喝电冰箱里的橙汁，重换睡衣上床。事情至此完结，他想。沉沉的睡意袭来，睡得昏死一般。

24

“定了，离开这座城市。”鼠对杰说。

傍晚六点，店门刚开。吧台打了蜡，店里所有的烟灰缸里一只烟头也没有。酒瓶擦得发亮，标签朝外摆成一排。连尖角都折得线条分明的新纸巾、红辣椒牌调味汁以及小盐瓶齐整整地放在浅盘里。杰分别在三个小深底钵里搅拌三种调味汁。大蒜味如细雾四下飘移——鼠进来时正值这一小段时间。

鼠一边用杰借给的指甲钳把指甲剪在烟灰缸里，一边这样说道。

“离开？……去哪里？”

“没目标。去陌生的城市，不太大的为好。”

杰用漏斗把调味汁注入一个个大长颈瓶里，注罢放进电冰箱，拿毛巾擦手。

“去那里干什么？”

“干活。”鼠剪完左手的指甲，一再看那手指。

“这里就不成？”

“不成。”鼠说，“想喝啤酒。”

“我请客。”

“领情。”

鼠把啤酒慢慢倒进冰镇过的玻璃杯里，一口喝去一半：“怎么不问为什么这里不成呢？”

“因为好像可以理解。”

鼠笑了，笑罢咂了下舌：“跟你说，杰，不成的。即使大家都那样不问不说地相互理解，也哪里都到达不了。这种话我本不愿意说的……我觉得自己好像在那样的世界里逗留得太久了。”

“可能。”杰沉思片刻说道。

鼠又喝了口啤酒，开始剪右手指甲：“想了很多，也想过去哪里到头来还不一样。但我还是要去，一样也好不一样也好。”

“再不回来了？”

“当然迟早总要回来，迟早！又不是出逃。”

鼠出声地剥开小碟里的花生，把满身皱纹的壳扔在烟灰缸里。打过蜡的吧台护板上积了几滴啤酒的冷水珠，他用纸巾揩了。

“什么时候动身？”

“明天，后天，说不准，大致这三四天里吧。准备妥当了。”

“风风火火的。”

“唔……尽给你添麻烦了，这个那个的。”

“啊，事情是够多的了。”杰一边用抹布擦壁橱上排列的酒杯，一边频频点头，“一旦过去，都像做梦。”

“也许是的。可我好像花了好长时间才真正这么认识到。”

杰停了一会，笑道：“是啊，我时常忘记和你相差二十岁。”

鼠把瓶里剩的啤酒往杯里倒空，慢慢喝着。啤酒喝这么慢还是头一遭。

“再来一瓶？”

鼠摇一下头："不，可以了。我是作为最后一瓶喝的，在这里喝的最后一瓶。"

"再不来了？"

"打算是的。怕不好受。"

杰笑了："迟早要相见的。"

"下次见时说不定认不出来了。"

"闻味儿知道。"

鼠又慢慢看了一遍剪干净的手指，把剩下的花生揣进衣袋，拿纸巾揩揩嘴，离开了座位。

* * *

风如在黑暗中的透明断层上滑行一般悄无声息地流过。风微微摇颤头上的树枝，有规则地将叶片抖落在地面。落在车顶的叶片发出干巴巴的声响彷徨了一会，之后顺着前车窗玻璃，积在挡泥板上。

鼠一个人在灵园树林里，失去了所有的话语，只管透过车前玻璃望着远处。车前几米远的地面被齐整整地切去了，而横亘着黑暗的天宇、海和城市夜景。鼠身体前倾，双手搭在方向盘上，纹丝不动地盯视着空中的某一点。夹在指尖的没有点火的香烟，其端头在空间不断勾勒出若干复杂而又无意义的图形。

跟杰说过以后，一种不堪忍受的虚脱感朝他袭来。勉强汇拢一处的种种意识流，突然散向四面八方。至于去何处才能见到它们重新合而为一，鼠无由得知。迟早要流进茫茫大海，别无选择。黑暗的河流！也可能没机会重逢了。他甚至觉得二十五年时间只是为此而存在的。为什么？鼠质问自己。不知道。问得是好，但无答案。好的提问屡屡没有答案。

风又多少加大了。风将人们的种种活动所聚敛起来的些许温暖带往某个辽远的世界，而留下凉浸浸的黑暗，让无数星辰在黑暗深处熠熠闪光。鼠从方向盘上撤下双手，在唇间转动了一会儿香烟，而后突然想起似的用打火机点燃。

头略略作痛，较之痛，更接近于被冰凉的指尖按压两侧太阳穴的奇异感。鼠摇头驱赶纷纭的思绪。总之结束了。

他从小格箱里取出全国公路行车图，慢慢翻动图页，依序朗读几个镇的名称。镇很小，几乎从未听过。这样的镇子沿路绵绵不断。读了几页，几天来的疲劳如滔天巨浪遽然朝他压来，温吞吞的块状物开始在血液中徐徐巡行。

困。

睡意似乎将一切抹除得干干净净。只消睡上一觉……

闭上眼睛时，耳底响起涛声——冬日的海涛拍击着防波堤，穿针走线一般从混凝土护坡预制块之间撤离。

这样，不向任何人解释也可以了，鼠想。海底大概比任何城镇都温暖，充满安宁和静谧。算了，什么都别想了，什么都已经……

25

弹子球机的呼唤从我的生活中倏然远逝。空落落的心情也已消失。当然，“大团圆”不至于因此像“亚瑟王和圆桌骑士”那样到来。那是更以后的事。马倦、剑折、盔甲生锈之时，我躺在长满狗尾草的草原上静听风声好了。哪里都可以——水库底也好养鸡场也好冷库也好——我走我应走的路就是。

对我来说，这短暂的尾声只不过如露天晾衣台一般微不足道。

如此而已。

一天，双胞胎在超市买了一盒棉球棒，有三百支装在盒里。每次我洗澡出来，双胞胎都坐在我左右同时掏两侧的耳朵。两人耳朵掏得着实够水平。我闭目合眼，边喝啤酒边在耳里听两支棉球棒窸窸窣窣的动静。不料，一天晚上正掏耳时，我打了个喷嚏。这一来，两耳一下子几乎什么也听不到了。

“听得见我的声音？”右侧说。

“一丁点儿。”我说。自己的声音是从鼻内侧传来的。

“这边呢？”左侧说。

“同样。”

“打喷嚏打的。”

“傻小子。”

我叹息一声。简直就像从保龄球道的端头听裂开的七号瓶和十号瓶说话一样。

“喝水会好的吧？”一个问。

“何至于！”我气恼地吼道。

然而双胞胎还是让我喝了一铅桶分量的水，结果无非弄得肚子不适罢了。痛并不痛，肯定是打喷嚏时把耳屎捅到里头去了，只能这样认为。我从抽屉里掏出两支手电筒，让两人查看。两人像窥视风洞似的把光射进耳内，看了好几分钟。

“一无所有。”

“一尘不染。”

“那为什么听不见？”我又一次吼道。

“过期失效了。”

“聋了。”

我不理睬二人，翻开电话簿，给最近处的耳鼻科医院打电话。电话声听起来甚是吃力。也许这个原因，护士似乎多少有点同情，说一会儿开门，叫马上过去。我们火急火燎地穿好衣服，出得寓所沿街走去。

医生是个五十上下的女医生，发型虽如一团乱铁丝，但给人的感觉不错。她打开候诊室门，“啪啪”地拍了两下手示意双胞胎别出声，然后让我坐在椅子上，不无冷漠地问怎么了。

我讲完情况，她说明白了，叫我别再吼了。接着拿出没带针头的大号注射器，满满抽了糖稀色液体进去，递我一个白铁皮喇叭筒样的玩艺儿，让贴在耳朵下面。注射器插入我的耳朵，糖稀色液体在耳孔中如斑马群一般狂奔乱跳，又从耳朵里淌出，落进喇叭筒。如此反复三次，之后医生用细棉球棒往耳孔深处捅了捅。两耳弄完时，我的听力恢复如初。

“听见了。”我说。

“耳垢。”她言辞简洁，像在做接尾令[1]。

“可刚才看不见的啊。”

“弯的。”

“？”

“你的耳道比别人的弯曲得多。”

医生在火柴盒背面画出我的耳道，形状像是桌角钉的拐角铁。

“所以，如果你的耳垢拐过这个角，任谁怎么呼唤都回不来了。”

我哼了一声：“如何是好呢？”

“如何是好……掏耳时注意就行了嘛，注意。”

“耳道比别人弯这点，不会带来别的什么影响？”

“别的影响？”

“例如……精神上的。”

“不会。”她说。

---

① 日本的一种文字游戏，前面的人说一句，后面的人以其最后一字为起始，接下来造句，如此连接下去。

我们绕了十五分钟的弯路，横穿高尔夫球场，回到宿舍。第十一球洞的狗后腿形球道使我想起了耳道，标志旗让我想起棉球棒。还有，遮挡月亮的云使我想起B52轰炸机的编队，西边郁郁葱葱的树林让我想起鱼形镇纸，空中的星星令我想起发霉的洋芫荽粉……算了算了。总之耳朵在无比敏锐地分辨着全世界的动静，就好像世界掀掉了一层面纱。数公里外夜鸟在鸣叫，数公里外人在关窗，数公里外有人在卿卿我我。

“这下好了。”一个说。

“太好了。”另一个说。

* * *

田纳西·威廉斯这样写道：过去与现在已一目了然，而未来则是“或许”。

然而当我们回头看自己走过来的暗路时，所看到的仍似乎只是依稀莫辨的“或许”。我们所能明确认知的仅仅是现在这一瞬间，而这也只是与我们擦肩而过。

为双胞胎送行的路上，我一直想的大体是这样的东西。穿过高尔夫球场往两站远的汽车站行走之间，我一直默不作声。时值星期天早上七点，天空蓝得掉底一般。脚下的结缕草已充分预感到开春前那短暂的死。大概很快就要下霜积雪了，它们将在澄澈的晨光中闪烁清辉。泛白的结缕草在我们脚下飒飒作响。

“想什么呢？”双胞胎中的一个问。

“没想什么。”我说。

她们身穿我送给的毛衣，腋下夹个纸袋，纸袋里装着运动衫和很少几件替换衣服。

“去哪里？”我问。

“原来的地方。”

“只是回去。”

我们穿过球场的沙坑，走过八号洞笔直的球道，走下露天扶梯。数量多得惊人的小鸟从草坪和铁丝网上注视着我们。

“倒是表达不好，”我说，“你们走了，我非常寂寞。”

“我们也是。”

“寂寞啊。”

“可还是走吧？”

两人点点头。

“真有地方可回？”

“当然。”一个说。

“没有就不回去了。”另一个说。

我们翻过高尔夫球场的铁丝网，穿过树林，坐在汽车站长凳上等车。周日早晨的汽车站静得那般令人惬意，铺满恬适的阳光。我们在阳光中玩接尾令。玩了五分钟，公共汽车来了，我把车票钱递给两人。

“在哪里再会吧。”我说。

“再会。”一个说。

“再会！”另一个说。

声音如空谷足音在我心中久久回荡。

车门“啪嗒”一声关上，双胞胎从车窗里招手。一切周而复始……我一个人沿原路走回，在秋光流溢的房间里听双胞胎留下的《橡胶灵魂》，煮咖啡，一整天望着窗外飘逝的十一月的这个星期日，这个一切都清澄得近乎透明的静静的十一月的星期日。

村上春树年谱

1949 年

1 月 12 日出生于日本关西京都市伏见区，为国语教师村上千秋、村上美幸夫妇的长子。出生不久，家迁至兵库县西宫市夙川。

1955 年　6 岁

入西宫市立香栌园小学就读。

1961 年　12 岁

入芦屋市立精道初级中学就读。

1964 年　15 岁

入兵库县神户高级中学就读。

1968 年　19 岁

到东京，入早稻田大学第一文学部戏剧专业就读。

1971 年　22 岁

以学生身份与夫人阳子结婚。

1974 年　25 岁

开办爵士乐酒吧。

1975 年　26 岁

大学毕业。毕业论文题目是《美国电影中的旅行思想》。

1979 年　30 岁

长篇小说《且听风吟》出版，获第 23 届群像新人奖。

1980 年　31 岁

长篇小说《1973 年的弹子球》出版。

1981 年　32 岁

转让酒吧，专业从事创作。移居千叶县船桥市。与村上龙的对谈集《慢慢走，别跑》出版。

1982 年　33 岁

长篇小说《寻羊冒险记》出版，获野间文艺新人奖。

1983年　34岁

曾赴希腊旅行。短篇集《去中国的小船》、《遇到百分之百的女孩》、插图短篇集《象厂喜剧》出版。

1984年　35岁

曾赴美国旅行。短篇集《萤》、随笔集《村上朝日堂》出版。

1985年　36岁

长篇小说《世界尽头与冷酷仙境》、短篇集《旋转木马鏖战记》、插图童话《羊男的圣诞节》、与川本三郎合作的评论集《电影冒险记》出版。《世界尽头与冷酷仙境》获第21届谷崎润一郎奖。

1986年　37岁

移居神奈川县大矶町，赴意大利、希腊旅行。短篇集《再袭面包店》、随笔集《村上朝日堂的卷土重来》、插图随笔集《朗格汉岛的午后》出版。

1987年　38岁

从希腊回国。随笔集《日出国的工厂》、长篇小说《挪威的森林》出版。

1988年　39岁

曾赴伦敦、意大利、希腊、土耳其旅行。长篇小说《舞！舞！舞！》出版。

1989年　40岁

曾赴希腊、德国、奥地利旅行，回国后赴纽约。随笔集《村上朝日堂　嗨嗬！》、《小而有用的事》出版。

1990年　41岁

回国。短篇集《电视人》、八卷本《村上春树作品集，1979—1989》、旅行记《远方的鼓声》、《雨天炎天》出版。

1991年　42岁

赴美国新泽西州普林斯顿大学任客座研究员。

1992年　43岁

长篇小说《国境以南　太阳以西》出版。

1993年　44岁

赴美国马萨诸塞州剑桥城塔夫茨大学任职。

1994年　45岁

曾赴中国、蒙古旅行。随笔集《终究悲哀的外国语》、长篇小说《奇鸟行状录》第一、二部出版。

1995年　46岁

从美国回国。《奇鸟行状录》第三部出版。

1996年　47岁

在东京采访地铁沙林毒气事件受害者。随笔集《村上朝日堂日记·漩涡猫的找法》、短篇集《列克星敦的幽灵》、对谈集《去见村上春树·河合隼雄》出版。《奇鸟行状录》获第47届读卖文学奖。

1997年　48岁

东京地铁沙林毒气事件受害者采访集《地下》、随笔集《村上朝日堂是如何锻造的》、文学评论集《为了年轻读者的短篇小说导读》、插图传记集《爵士乐群英谱》出版。

1998年　49岁

旅行记《边境·近境》、漫画集《毛绒绒软蓬蓬》、《地下》的续篇《约定的场所》出版。《约定的场所》获1999年度桑原武夫奖。

1999年　50岁

曾赴北欧旅行。长篇小说《斯普特尼克恋人》出版。

2000年　51岁

短篇集《神的孩子全跳舞》出版。

2001年　52岁

插图传记集《爵士乐群英谱2》、随笔集《村上广播》、插图随笔集《轻飘飘》出版。

2002年　53岁

长篇小说《海边的卡夫卡》、插图旅行记《如果我们的语言是威士忌》出版。

2003年　54岁

E-mail通讯集《少年卡夫卡》出版。

2004年　55岁

长篇小说《天黑以后》出版。

2005 年　56 岁

插图小说《奇怪的图书馆》、随笔集《没有意义就没有摇摆》出版。

2006 年　57 岁

短篇集《东京奇谭集》出版。获弗兰茨·卡夫卡文学奖。

2007 年　58 岁

获 2006 年度朝日奖。随笔集《谈跑步时我说的东西》、插图小说集《村上曲》出版。

2008 年　59 岁

获普林斯顿大学名誉博士称号。

2009 年　60 岁

长篇小说《1Q84》出版。

2009 年　60 岁

长篇小说《1Q84》第一、二部出版。

2010 年　61 岁

长篇小说《1Q84》第三部出版。

2011 年　62 岁

《村上春树杂文集》出版。

2012 年　63 岁

与小泽征尔合著的《谈小泽征尔与音乐》获第 11 届小林秀雄奖。

2013 年　64 岁

长篇小说《没有色彩的多崎作和他的巡礼年》出版。